해리포터와 비밀의 방

Harry Potter and the Chamber of Secrets

조앤 · K · 롤링 지음 | 김혜원 옮김

문학수첩

HARRY POTTER & THE CHAMBER OF SECRETS
by J. K. Rowling

First published in Great Britain in 1998
Bloomsbury Publishing Plc, 38 Soho Square, London W1V 5DF
Copyright ¤˘ 1998 J. K. Rowling
All rights reserved.

Translation Copyright ¤˘ 1999 by Moonhak Soochup Publishing Co.

Korean translation rights arranged with
Christopher Little Agency
through Eric Yang Agency, Seoul, Korea.

수상
(受賞)

• 뉴욕 타임스 베스트셀러 1위
A New York Times Bestseller

• 퍼블리셔스 위클리 1998년의 최우수 도서
A Publishers Weekly Best Book of 1998

• 북리스트 편집자가 뽑은 우수 도서
Booklist Editor's Choice

• 1998년 영국의 우수 도서상 수상
Winner of the 1998 National Book Award(UK)

• ALA(미국 도서 협회) 우수 도서
An ALA Notable Book

• 1998년 금메달 스마티즈상 수상
Winner of the 1998 Gold Medal Smarties Prize

• 1998년 뉴욕 공공 도서관이 뽑은 올해의 우수 도서
A New York Public Library Best Book of the Year 1998

• 1998년 페어렌팅이 뽑은 올해의 책 수상
Parenting Book of the Year Award 1998

해리포터와 비밀의 방

차 례

해리포터와 비밀의 방

하권

차 례

해리포터와 비밀의 방

제 11 장

결투 클럽

해리는 일요일 아침에야 잠에서 깨어났다. 병동 안으로 겨울 햇빛이 따뜻하게 들어오고 있었다. 팔 속에 뼈대가 다시 생기기는 했지만 굉장히 뻑뻑했다.

그는 얼른 일어나 앉아 콜린이 누워 있던 침대 쪽을 슬쩍 보았지만 전날 오후에 커튼을 새로 달아놓았는지 보이지 않았다. 그가 깬 것을 보자, 폼프리 부인이 부산스럽게 아침 식사 쟁반을 들고 와서는 팔과 손가락들을 구부려보기도 하고 쭉쭉 잡아당겨 보기도 했다.

"뼈들이 모두 제자리로 들어갔군." 그가 왼손으로 서툴게 포리지를 먹고 있을 때 그녀가 말했다. "다 먹으면 여기서 나가도 된다."

해리는 론과 헤르미온느에게 콜린과 도비에 대해 한시라도 빨리 말해주고 싶은 마음에 옷을 주섬주섬 챙겨 입고 허둥지둥 그리핀도르 탑으로 달려갔다. 하지만 그들은 그곳에 없었다. 그들의 무관심이 실망스럽긴 했지만 해리는 그들을 찾아 나서기로 했다.

도서관 옆을 지나려는데, 퍼시 위즐리가 지난번보다 훨씬 더 활기찬 표정으로 걸어나왔다.

"오, 안녕, 해리." 그가 말했다. "어제는 정말 멋졌어, 정말로 훌륭했어. 그리핀도르 기숙사가 막 선두로 나섰어— 네가 50점을 얻었거든!"

"론과 헤르미온느 못 봤어요?" 해리가 물었다.

"아니, 못 봤는데." 퍼시가 미소를 거두며 말했다. "론이 또 여자 화장실에 가지나 않았으면 좋겠는데 말야…."

해리는 억지로 웃어 보이고는, 퍼시가 저만치 걸어갈 때까지 지켜본 뒤, 곧장 모우닝 머틀의 화장실로 향했다. 퍼시의 말대로 론과 헤르미온느가 그곳에 있을 것 같았기 때문이었다. 그러나 만일 그렇다 해도 그들이 왜 그곳에 다시 간 건지 알 수가 없었다. 해리는 주위에 혹시 필치나 반장들이 없는지 잘 확인한 뒤, 문을 열고 화장실 안으로 들어갔다. 한 화장실 안에서 그들의 목소리가 흘러나왔다.

"나야." 그가 문을 닫으며 말했다. 화장실 안에서 쾅, 철벅철벅, 헐떡헐떡 하는 소리가 나더니 헤르미온느가 열쇠 구멍으로 내다보았다.

"해리!" 그녀가 말했다. "난 또 누구라구, 깜짝 놀랐잖아— 들어와— 팔은 어때?"

"괜찮아." 해리가 화장실 안으로 비집고 들어가며 말했다. 변기 위에는 낡은 냄비 하나가 올려져 있었는데, 밑에서 딱딱거리는 소리가 나는 것으로 보아 변기 안에 불을 피워둔 것 같았다. 헤르미온느는 언제 어디서나 불을 피우는 것을 아주 잘했다.

"널 만나러 가지 못해서 미안해, 하지만 폴리주스 약 만드는 게 더 시급하다는 생각이 들었어." 해리가 어렵게 화장실 문을 다시 잠그자 론이 설명했다. "그리고 그 작업을 하기엔 이곳이 가장 안전할 것 같았어."

해리가 콜린에 대해 말하려는데, 헤르미온느가 끼어 들었다.

"우린 이미 알고 있어— 맥고나걸 교수가 오늘 아침에 플리트윅 교수에게 하는 말을 들었거든. 약을 빨리 만드는 게 좋겠다고 결정한 건 바로 그것 때문이었어—"

"하루라도 빨리 변신해서 말포이의 고백을 받아내는 게 좋잖아." 론이 딱딱거렸다. "내 생각엔 말야, 그 녀석이 퀴디치 시합에서 지니까 화풀이를 콜린에게 한 것 같아."

"말할 게 또 있어." 헤르미온느가 마디풀 다발을 뜯어 약물 속으로 던져 넣는 걸 지켜보며 해리가 말했다. "한밤중에 도비가 왔었어."

론과 헤르미온느가 놀라서 고개를 들었다. 해리는 그들에게 도비가 했던 말을 설명까지 곁들여서 몽땅 해주었다. 헤르미온느와 론은 입을 떡 벌린 채 조용히 듣고만 있었다.

"비밀의 방이 전에도 열린 적이 있단 말야?" 헤르미온느가 말했다.

"그러면 결말은 났군." 론이 의기 양양한 목소리로 말했다. "루시우스 말포이가 여기 학교에 있을 때 그 방을 열었던 게 틀림없어. 그리고 이제 그 아들 드레이코에게 그것을 여는 방법을 말해준 거야. 하지만 도비가 그 안에 어떤 종류의 괴물이 있는지 말해주었더라면 좋았을걸. 그런데 그 괴물이 학교를 몰래 돌아다니고 있는 걸 어떻게 아무도 눈치채지 못했을까?"

"모습이 보이지 않게 할 수 있을지도 몰라." 헤르미온느가 거머리를 냄비 바닥에다 대고 누르며 말했다. "아니면 변장할 수 있다던가— 갑옷이나 뭐 그런 것으로 말야— '카멜레온 굴 귀신'에 대해서 읽은 적이 있거든—"

"넌 책을 너무 많이 읽었어, 헤르미온느." 론이 죽은 풀잠자리들을 거머리 위에 쏟아 부으며 말했다. 그는 빈 풀잠자리 봉지를 팡 터트리고 해리를 바라보았다.

"그러니까 우리가 기차를 타지 못하게 막은 것도, 네 팔을 부러뜨린 것도 다 도비 짓이란 말이지…" 그가 고개를 가로 저었다. "너 이거 아니, 해리? 그 도비인지 뭔지 하는 요정이 너의 생명을 구하려고 하는 짓을 당장 그만두지 않는다면 잘못하다간 넌 진짜 죽게 될지도 몰라."

콜린 크리비가 습격을 받아서 병동에 죽은 듯이 누워있다는 소식은 월요일 아침엔 학교 전체로 퍼져나갔다. 무성한 소문과 의심으로 분위기가 갑자기 살벌해졌다. 1학년들은 혼자 다니다가 습격을 받을까봐 꼭 무리를 지어 다녔다.

지니 위즐리는 마법 수업 시간에 옆에 앉던 콜린 크리비가 그렇게 되자 넋이 반쯤 나가 있었는데, 프레드와 조지는 그녀를 위로한답시고 엉뚱한 장난들을 쳤다. 그들은 번갈아 가며 털이나 부스럼들을 얼굴에 잔뜩 붙이고는 그녀를 놀래키곤 했다. 이런 그들의 장난은 위즐리 부인이 퍼시의 편지를 받고, 지니를 놀리는 일을 당장 그만두지 않으면 혼이 날 줄 알라는 경고를 할 때까지 계속되었다.

그러는 사이, 학교에서는 아이들이 너도나도 할 것 없이, 선생님들 몰래, 부적 같은 것을 사들이고 있었다. 네빌 롱바텀은 고약한 냄새가 나는 커다란 초록색 양파와, 뾰족한 자줏빛 크리스탈과, 썩은 도룡뇽 꼬리를 샀는데, 주위 친구들이 그는 순수 마법사 혈통이기 때문에 전혀 습격받을 위험이 없다며 안심시키려 해도 전혀 소용없었다.

"스큅인 필치가 가장 먼저 희생당했잖아." 네빌이 잔뜩 겁에 질린 얼굴로 말했다. "그리고 내가 스큅이나 마찬가지라는 건 누구나 아는 사실이야."

12월 둘째 주가 되자 예전처럼 맥고나걸 교수가 크리스마스에 학교에 남아있을 사람들의 이름을 적어갔다. 해리와 론과 헤르미온느는 목록에 주저 없이 이름을 썼는데 말포이 역시 남아있을 거라는 말을 듣자 매우 수상쩍은 생각이 들었다.

안타깝게도 그 마법의 약은 반밖에 만들어지지 않았다. 약이 완성되려면 바이콘의 뿔과 오소리의 가죽이 필요한데 그것을 얻을 수 있는 곳은 오로지 스네이프 교수의 개인 창고뿐이었기 때문이었다. 해리는 그러나 남몰래 스네이프 교수의 사무실을 털다가 붙잡히느니 차라리 슬리데린의 전설적인 괴물과 직접 맞서는 게 낫겠다고 생각했다.

"스네이프 교수 말야." 목요일 오후, 다른 기숙사 아이들과 함께 듣는 마법의 약 수업시간이 다가왔을 때 헤르미온느가 말했다. "잠깐 다른 데 신경 쓰도록 해야 해. 그때 우리 중 하나가 스네이프 교수의 개인 창고로 몰래 숨어 들어가서 필요한 걸 가져오는 거야."

해리와 론이 심각한 표정으로 그녀를 바라보았다.

"훔치는 건 내가 하는 게 나을 것 같아." 헤르미온느가 사무적인 어조로 계속했다. "너희 둘은 더 이상 말썽을 피웠다가는 쫓겨날 게 뻔하지만 난 학교 규칙을 어긴 적이 별로 없잖아. 그러니까 너희들은 5분 정도만 스네이프 교수의 주의를 딴 데로 돌릴 수 있도록 소란을 좀 피워봐."

해리가 어처구니 없다는 듯 미소를 지었다. 스네이프의 마법의 약 수업 시간에 고의로 소란을 피우는 건 잠자는 용의 눈을 찌르는 것이나 마찬가지였던 것이다.

마법의 약 수업은 커다란 지하 감옥에서 이루어졌다. 오늘 수업 역시 평상시와 다름없이 딱딱하게 진행되었다. 놋쇠 저울과 각 재료가 담긴 병들이 올려져 있는 나무 책상들 사이에서 스무 개의 냄비가 김을 뿜어내고 있었다. 스네이프 교수가 김 사이로 어슬렁어슬렁 돌아다니며 그리핀도르 학생들의 실험에 대해 일일이 트집을 잡자 슬리데린들이 고소하다는 듯 낄낄거렸다. 해리는 스네이프가 가장 좋아하는 학생인 드레이코 말포이가 아까부터 계속 툭 튀어나온 복어 같은 눈으로 자신과 론을 흘금흘금 쳐다보는 걸 알고 있었지만, 스네이프 교수에게 "불공평하다"라는 말을 꺼내기도 전에 징계를 받게 되리라는 걸 너무나 잘 알고 있었기 때문에 그냥 모른 체했다.

'부풀어오르는 약'이 정상치보다 너무 묽게 만들어졌지만, 해리는 달리 어찌해 볼 생각도 하지 못했다. 지금 그의 마음은 온통 딴 데 가 있었다. 그는 헤르미온느가 언제 신호를 보낼까에만 온 신경을 쓰고 있었으므로, 스네이프 교수가 발을 멈추고 그가 만든 약을 비웃고 있는 것도 전혀 눈치 채지 못했다. 스네이프 교수가 네빌을 골려주려고 돌아섰을 때, 헤르미온느가 해리에게 눈짓을 하고는 고개를 끄덕였다.

해리는 얼른 냄비 뒤로 가서 주머니에서 프레드의 필리버스터 불꽃놀이를 꺼내, 요술지팡이로 쿡 찔렀다. 그러자 푸푸 하며 불꽃이 튀기 시작했다. 시간이 별로 없었으므로, 해리는 얼른 그것을 고일의 냄비 속으로 톡 던져 넣었다.

그러자 고일의 약이 크게 폭발하며 아이들에게로 튀었다. 아이들이 비명을 질러댔다. 그 냄비를 마주하고 서 있었던 말포이의 코가 풍선처럼 부풀어오르기 시작했다. 고일은 아무 것도 모르고 양손을 눈에 갖다댔다가, 눈이 커다란 접시만 하게 팽창해버리고 말았다. 정신을 차린 스네이프 교수는 곧 아이들을 진정시키려고 애를 썼다. 그 혼란 속에서도 해리는 헤르미온느가 살그머니 빠져나가 스네이프 교수의 창고로 들어가는 걸 보았다.

"조용히! **조용히 해!**" 스네이프 교수가 큰소리로 말했다. "약물이 튄 사람들은 '수축하는 약'을 줄 테니 이 앞으로 나오세요. 대체 어떤 자식이 이렇게 한 거야?"

해리는 말포이가 수박만해진 코의 무게 때문에 고개를 푹 숙이고, 허둥지둥 앞으로 걸어나가는 걸 보자 웃음이 터져 나올 것 같았다. 어떤 아이는 양팔이 곤봉처럼 굵어졌고, 또 어떤 아이는 말을 하지 못할 정도로 입술이 부풀어올랐다. 반 아이들 거의 반 정도가 스네이프 교수의 책상 앞으로 몰려나갔을 때, 해리는 망토 앞이 불룩해진 헤르미온느가 지하 감옥으로 다시 슬그머니 들어오는 걸 보았다.

아이들이 해독제를 마신 뒤 부풀어오른 게 가라앉자, 스네이프 교수가 고일의 자리로 휙 날아와 냄비 속에서 까만 재로 변한 불꽃놀이를 발견하고 끄집어 내었다. 주위가 갑자기 잠잠해졌다.

"이걸 던진 녀석이 누군지 알아내기만 하면," 스네이프 교수가 음산한 목소리로 말했다. "반드시 퇴학시키고 말 테다."

해리는 억지로 태연한 척했지만 스네이프 교수가 계속 그를 똑바로 쳐다보고 있었으므로, 10분 뒤 울린 종소리가 그렇게 반가울 수가 없었다.

"그는 내가 한 짓이라는 걸 알고 있는 게 분명해." 모우닝 머틀의 화장실로 다시 급히 들어가며 해리가 론과 헤르미온느에게 말했다. "틀림없어."

헤르미온느가 새로 구한 재료들을 냄비 속으로 집어넣고 힘껏 휘젓기 시작했다.

"이제 2주일만 있으면 될 거야." 그녀가 만족스럽게 말했다.

"스네이프 교수는 네가 그랬다는 걸 입증하지 못해." 론이 해리를 안심시키며 말했다. "그가 뭘 할 수 있겠니?"

"스네이프 교수를 잘 알잖아, 좀 찜찜해." 약이 거품을 일으키며 부글부글 끓을 때 해리가 말했다.

1주일 뒤, 현관 안의 홀로 걸어가던 해리와 론과 헤르미온느는 게시판 주위에 사람들이 모여 있는 걸 보았다. 그들은 금방 게시된 양피지에 쓰인 공고문을 읽고 있었다. 시무스 피니간과 딘 토마스가 흥분한 표정으로 그들에게 손짓을 했다.

"결투 클럽이 생긴대!" 시무스가 말했다. "오늘 밤에 첫 번째 모임이 있을 거래! 결투 수업은 괜찮을 거야. 요즘 같은 날에는 여러 모로 쓸모있을 거야."

"뭐야, 그럼 그걸 들으면 슬리데린의 괴물과 결투를 할 수 있다는 거야?" 론은 이렇게 말했지만, 그 역시 그 공고문을 흥미롭게 읽었다.

"괜찮을 것 같은데." 저녁을 먹으러 가는 길에 론이 해리와 헤르미온느에게 말했다. "우리도 갈래?"

해리와 헤르미온느가 모두 동의했으므로, 그날 저녁 8시에 그들은 다시 연회장으로 내려갔다. 긴 식탁들은 모두 치워지고, 머리 위에 둥둥 떠 있는 수천 개의 촛불로 밝혀진 황금빛 무대가 한쪽에 마련되어 있었다. 벨벳처럼 까만 천장 아래에 아이들이 하나같이 흥분한 얼굴로 지팡이를 들고 서 있었다. 전교 학생이 다 모였는지 발 디딜 틈이 없었다.

"누가 가르칠까?" 시끄럽게 떠들어대고 있는 아이들을 헤치고 나아가며 헤르미온느가 말했다. "플리트윅 교수가 젊었을 때 결투 챔피언이었다고 하던데― 어쩌면 그가 가르칠지도 몰라."

"내 생각엔―" 해리가 말하려는 순간 질데로이 록허트 교수가 눈부시게 반짝반짝 빛나는 진한 자줏빛 망토를 입고 스네이프 교수와 함께 무대 위로 걸어 올라가고 있었다. 그것을 보고 해리는 괴로운 표정을 지으며 투덜거렸다. 스네이프 교수는 평상시처럼 까만 망토를 입고 있었다.

록허트 교수가 팔을 흔들어 조용히 하라고 한 뒤 큰소리로 말했다. "이쪽으로 모이세요, 이쪽으로 모여요! 모두들 내가 보입니까? 모두들 내 말이 들립니까? 좋습니다!"

"자, 덤블도어 교수님께서 제가 이 결투 클럽을 시작할 수 있도록 허락해 주셨습니다. 제 자신이 수없이 많은 어려움을 겪을 때마다 늘 그래왔던 것처럼, 아 물론 상세한 것을 알고 싶은 사람들은, 출간된 제 책들을 보면 됩니다만 어쨌든 만일의 경우를 대비해 여러분들이 스스로를 방어할 수 있도록 훈련시키는 자리입니다. 저를 도와주실 스네이프 교수를 소개합니다." 록허트 교수가 입이 찢어지게 미소를 지으며 말했다. "이 분은 결투에 대해선 조금밖에 모르지만 수업을 시작하기 전에 간단한 시범을 보일 때 기꺼이 절 도와주시겠다고 하셨습니다. 그러나 아무 걱정 마세요— 저를 잠깐 도와주신 뒤에는 다시 마법의 약을 가르치러 가실 테니까요, 절대 두려워할 것 없어요!"

"두 사람이 서로를 끝장내 버린다면 오죽이나 좋을까?" 론이 해리의 귀에 대고 투덜거렸다.

스네이프 교수의 윗입술이 비틀리고 있었다. 해리는 록허트 교수가 왜 여전히 미소를 짓고 있는 건지 궁금했다. 스네이프 교수의 음산한 표정을 보았다면 누구든 달아나고 싶은 생각이 절로 들 텐데 말이다.

록허트 교수와 스네이프 교수가 서로 마주 보고 인사를 나눴다. 아니, 적어도 록허트 교수는 그럴듯하게 예의를 차렸지만, 스네이프 교수는 무뚝뚝하게 머리만 살짝 끄덕였다. 그 뒤 그들이 요술지팡이를 몸 앞으로 들어올렸다.

"이것이 바로 결투 자세입니다." 록허트 교수가 청중을 향해 설명했다. "셋을 세자마자, 첫 번째 주문을 외울 것입니다. 물론, 지금은 치명적인 주문은 사용하지 않을 것입니다."

"정말 그럴까?" 스네이프 교수가 이를 드러내는 걸 보며 해리가 말했다.

"하나— 둘— 셋—"

둘 다 요술지팡이를 머리 위로 크게 휘두르고는 상대쪽으로 갖다댔다. 스네이프 교수가 외쳤다. "익스펠리아르무스!" 눈부신 자줏빛 불빛이 번쩍 하더니 록허트 교수가 벌렁 나가떨어졌다. 그리고 뒷걸음으로 도망가다가 벽에 세게 부딪힌 뒤 마룻바닥으로 주르르 미끄러져 팔다리를 뻗고 누워버렸다.

말포이와 다른 슬리데린 몇 명이 환호를 했다. 헤르미온느는 발끝으로 서서 바라보며 중얼거렸다. "괜찮을까?"

"알게 뭐야?" 해리와 론이 동시에 말했다.

록허트 교수가 비틀거리며 일어서고 있었다. 모자는 떨어지고 구불구불한 머리카락은 뻣뻣이 서 있었다.

"어— 다들 잘 보았지요?" 그가 비틀거리며 다시 무대 위로 올라가면서 말했다. "그건 '무장 해제 마법'이었습니다. 여러분이 보신 것처럼 제가 지팡이를 놓치고 말았잖아요. 학생들에게 이런 마법을 보여주신 건 훌륭한 아이디어였어요, 스네이프 교수, 하지만 이렇게 말해도 될지 모르겠지만, 전 교수님의 의도를 대번에 알 수 있었답니다. 따라서 제가 마음만 먹었다면 막아내는 건 간단했을 겁니다. 그러나 학생들에게 그 주문의 효과가 어떤 것인지 보여주길 대단히 잘했다는 생각이 드는군요…"

스네이프 교수는 살기 등등한 표정을 짓고 있었다. 분위기가 심상치 않다는 걸 눈치챘는지, 록허트 교수가 이렇게 말했다.

"시범은 이만하면 충분한 것 같군요! 이제 여러분들을 둘씩 짝 지워줄까 합니다. 스네이프 교수, 저를 도와주고 싶으시다면—"

그들은 학생들 사이로 들어와 서로 짝을 지워주었다. 록허트 교수가 네빌을 저스틴 핀치-플레츨리와 짝 지워주는 사이에 스네이프 교수가 해리와 론에게로 다가갔다.

"단짝을 갈라놓을 시간이 된 것 같구나." 그가 비웃으며 말했다. "위즐리, 넌 피니간하고 해라. 포터는—"

해리는 무심코 헤르미온느 쪽으로 움직였다.

"그러면 안되지," 스네이프 교수가 차갑게 미소지으며 말했다. "말포이 군, 이리 와요. 유명한 포터와 한번 붙어 봐야지. 그리고 그레인저—넌 벌스트로드와 짝 짓고."

말포이가 능글맞게 웃으면서 거들먹거리며 걸어왔다. 그의 뒤에서 아주 심술궂게 생긴 슬리데린의 여자아이 하나가 걸어왔다. 몸집이 크고 어깨가 떡 벌어졌으며 턱이 툭 튀어나온 아이였다. 헤르미온느가 희미한 미소를 지어 보였지만 그녀는 미소를 짓지 않았다.

"다들 짝과 마주 서세요!" 록허트 교수가 다시 무대 위로 올라가 외쳤다. "그리고 상대방을 향해서 경례!"

그러나 해리와 말포이는 무뚝뚝하게 서로의 눈만 똑바로 쳐다보고 서 있었다.

"요술지팡이 준비!" 록허트 교수가 소리쳤다. "셋을 세면, 상대방에게 무장 해제 주문을 외우세요—그저 무장 해제만 시키는 겁니다― 사고가 나지 않길 바라기 때문입니다― 하나…
둘… 셋―"

해리가 요술지팡이를 높이 휘두르려는 순간 말포이가 규칙
을 어기고 '둘'에서 주문을 외워버렸다. 해리는 마치 냄비로
머리를 얻어맞은 것 같은 기분이 들었다. 그러나 그는 비틀거
리면서도, 더 이상 시간을 낭비하지 않고, 요술지팡이를 곧장
말포이에다 갖다대고 외쳤다. "릭투셈프라!"

은빛 빛줄기가 말포이의 복부를 치자 그가 씨근거리며 허리
를 꼬부렸다.

"무장 해제만 하라고 했잖아!" 말포이가 무릎을 꿇고 풀썩
주저앉자, 록허트 교수가 놀라서 결투를 벌이고 있는 아이들
의 머리 위로 소리쳤다. 해리가 말포이에게 던진 주문은 '간지
럼 태우기 주문'이었던 것이다. 말포이는 웃느라 거의 제정신
이 아니었다. 해리는 말포이에게 다른 마법을 건 게 잘못된 일
이라는 생각으로 잠시 주춤했지만, 그건 착오였다. 말포이가
숨을 헐떡이며, 요술지팡이를 해리의 무릎에 갖다댔다. 그리고
헐떡이는 소리로 "타란탈레그라!"라고 외치자 해리의 다리가
갑자기 정신없이 퀵스텝을 밟기 시작했다.

"그만! 그만!" 록허트 교수가 소리만 지르고 있자, 스네이프
교수가 대신 수습을 맡았다.

"피니트 인칸타템!" 그가 소리쳤다. 그러자 해리는 춤추는
걸 멈췄고, 말포이는 웃는 걸 멈췄다. 그제야 둘 다 주위를 둘
러볼 수 있었다.

주위가 온통 초록빛 연기로 휩싸여 있었다. 네빌과 저스틴 모두 마룻바닥에 누워 숨을 헐떡이고 있었다. 론은 얼굴이 창백해진 시무스를 잡고, 자신의 망가진 요술지팡이가 한 짓을 사과하고 있었다. 하지만 헤르미온느와 밀리센트 벌스트로드는 여전히 결투를 벌이고 있었다. 밀리센트가 헤르미온느의 머리를 겨드랑이에 끼어 세게 짓누르자 헤르미온느가 아파서 훌쩍이고 있었다. 두 사람의 요술지팡이는 다 마룻바닥에서 뒹굴고 있었다. 해리가 달려들어 밀리센트를 잡아뗐다. 그러나 그녀의 몸집이 훨씬 더 컸으므로 쉽지가 않았다.

"이럴 수가, 이럴 수가." 록허트 교수가 결투들이 벌어진 현장을 바라보며 맥없이 중얼거렸다. "넌 올라가라, 맥밀란… 조심해요, 포세트 양… 꽉 쥐고 있어요, 그러면 피가 곧 멈출 거예요, 부트…."

"여러분에게 악의가 있는 주문을 막는 방법을 가르쳐주는 게 좋을 것 같군요." 록허트 교수가 연회장 한가운데에서 어리둥절해져서 서 있다가 말했다. 두 눈을 부라리고 있는 스네이프 교수를 힐끗 쳐다보고는 얼른 눈길을 돌렸다. "지원자 한 쌍 나오세요— 롱바텀과 핀치-플레츨리, 너희들은 어떠니?"

"그건 그다지 좋은 선택이 아닌 것 같군요, 록허트 교수." 스네이프 교수가 커다란 박쥐처럼 휙 날아오며 말했다. "롱바텀은 가장 간단한 주문으로도 모든 걸 엉망진창으로 만들어놓는 아이거든요. 그 앨 시켰다간 어떤 일이 벌어질지 아무도 예측할 수 없어요." 불그스름한 네빌의 동그란 얼굴이 새빨갛게 변했다. "말포이와 포터는 어떻소?" 스네이프 교수가 일그러진 미소를 지으며 말했다.

"좋은 생각이오!" 학생들이 그들에게 공간을 주기 위해 뒤로 물러서자 록허트 교수는 해리와 말포이에게 연회장 한가운데로 나오라고 손짓을 했다.

"자, 해리." 록허트 교수가 말했다. "드레이코가 요술지팡이를 네게 갖다대면, 넌 이렇게 하는 거야."

그러면서 그가 자신의 요술지팡이를 들어올려 복잡하게 휘두르는 동작을 시범 보이려다가 그만 떨어뜨리고 말았다. 스네이프교수가 능글맞게 비웃자 록허트 교수가 얼른 다시 집어들었다. "내 지팡이가 좀 흥분했나 봅니다—"

스네이프 교수가 말포이에게로 다가가더니 그의 귀에 대고 무어라고 속삭였다. 말포이도 역시 능글맞게 웃었다. 해리가 고개를 들어 록허트 교수를 초조하게 바라보며 말했다. "교수님, 그 막는 방법 한번만 더 보여주실 수 있으세요?"

"왜, 겁나니?" 말포이가 록허트 교수가 들을 수 없도록 낮게 말했다.

"웃기지 마." 해리 역시 작은 소리로 말했다.

록허트가 해리의 어깨를 유쾌하게 쳤다. "그저 내가 했던 대로만 해라, 해리!"

"뭐라구요, 그럼 지팡이를 떨어뜨리란 말씀이세요?"

하지만 록허트는 듣고 있지 않았다.

"셋— 둘— 하나— 시작!" 그가 소리쳤다.

말포이가 얼른 지팡이를 들어올려 큰소리로 말했다. "세르펜소르티아!"

그러자 그의 지팡이 끝에서 폭발이 일어났다. 해리가 깜짝 놀라 쳐다보고 있는데 그곳에서 길다란 까만 뱀 한 마리가 튀어나와, 마룻바닥으로 툭 떨어지더니 몸을 일으키고 공격 태세를 취했다. 아이들이 비명을 지르며 뒤로 물러나자 그 주위가 텅 비어버렸다.

"움직이지 마라, 포터." 성난 뱀을 똑바로 쳐다보며 꼼짝 않고 서 있는 해리의 모습이 매우 재미있다는 듯, 스네이프 교수가 빈들빈들 웃으며 말했다. "내가 그걸 없애주마…"

"내가 하겠소!" 록허트 교수가 소리쳤다. 그가 요술지팡이를 뱀에게 휘두르자 펑 하는 큰소리가 났다. 그러나 그 뱀은 사라지기는커녕, 공중으로 3미터쯤 날아올라갔다가 철썩 하며 다시 마룻바닥으로 떨어졌다. 뱀이 화가 났는지 미친 듯이 쉬쉬거리며 저스틴 핀치-플레츨리 쪽으로 미끄러지듯 움직여가더니, 몸을 일으켜 날카로운 이빨을 드러내고 공격 자세를 취했다.

해리는 자신이 그때 왜 그렇게 했는지, 또 그런 일을 할 생각이 있기는 했던 것인지 도무지 알 수가 없었다. 한 가지 확실한 것은 그저 마치 자신이 마법에 걸리기라도 한 듯이 뱀에게로 다가가 "얌전히 있어"라고 말했다는 것뿐이었다. 그러자 놀랍게도 그 뱀은 까만색의 굵은 수도 호스처럼 온순하게 마룻바닥으로 축 늘어지더니 해리를 바라보기만 했다. 해리는 두려움이 싹 가시는 걸 느꼈다. 그는 그 뱀이 이제 아무도 공격하지 않으리라는 걸 알았지만, 그걸 어떻게 알았는지는 설명할 수 없었다.

그는 겁에 질려 있던 저스틴이 안도하거나, 심지어 고마워하는 것 같은 표정을 짓는 걸 보기를 기대하면서, 씩 웃으며 올려다보았다.

"너 지금 무슨 장난 치고 있는 거니?" 저스틴이 고함을 치더니 해리가 뭐라 말하기도 전에, 홱 돌아서서는 성을 내며 연회장 밖으로 나가버렸다.

스네이프 교수가 앞으로 걸어나와, 지팡이를 한번 휘두르자, 그 뱀이 작은 까만 연기로 사라져 버렸다. 스네이프 교수도 해리를 뜻밖의 표정으로 바라보고 있었다. 해리는 날카롭고 빈틈없는 그 표정이 마음에 들지 않았다. 사방에서 불길하게 수군대는 소리가 어렴풋이 들렸다. 그때 누군가가 그의 망토 자락을 잡아당겼다.

"어서." 그의 귀에 론의 목소리가 들렸다. "어서 가자…"

론은 그를 연회장 밖으로 데리고 나갔다. 헤르미온느도 허둥지둥 둘을 따라나갔다. 그들이 지나가자, 다른 학생들은 마치 어떤 전염병이 옮겨붙기라도 할 것처럼 뒤로 슬슬 내뺐다. 해리는 무슨 영문인지 전혀 알 수 없었다. 론과 헤르미온느도 걸어가는 동안 내내 아무 설명도 해주지 않았다. 그 뒤 텅 빈 그리핀도르 학생 휴게실로 들어가자 론이 해리를 한 안락의자로 밀치며 말했다. "뱀의 말을 하다니. 왜 우리에게 말하지 않았지?"

"내가 뭐라구?" 해리가 말했다.

"*뱀의 말을 한다구!*" 론이 말했다. "뱀에게 말할 수 있다는 뜻이야!"

"나도 알아." 해리가 말했다. "내 말은, 내가 그렇게 한 게 이번이 두 번째라는 거야. 언젠가 동물원에서 뜻하지 않게 보아 구렁이를 부추겨 내 사촌 두들리를 공격하게 한 적이 있었어— 말하자면 길어— 하지만 그때 그 뱀이 내게 브라질에 가본 적이 없다고 말하기도 하고 서로 이야기를 나누었었지. 그건 내가 마법사라는 걸 알기 전이었어—"

"보아 구렁이가 네게 브라질을 가본 적이 없다고 말했다구?" 론이 들릴락 말락한 작은 소리로 물었다.

"그게 어떻다는 거야?" 해리가 말했다. "여기에 있는 사람들은 대부분 그렇게 할 수 있는 거 아냐?"

"아냐, 아무도 그렇게 하지 못해." 론이 말했다. "그건 그렇게 흔한 재능이 아냐. 해리, 이건 나쁜 거야."

"뭐가 나빠?" 해리가 은근히 화가 나는 걸 느꼈다. "모두들 왜 그러는 거야? 잘 들어, 내가 그 뱀에게 저스틴을 공격하지 말라고 말하지 않았더라면—"

"아, 그 뱀에게 바로 그렇게 말했니?"

"무슨 뜻이야? 너도 거기에 있었잖아… 내 말을 들었을 것 아냐…."

"난 네가 뱀의 언어로 말하는 소릴 들었어." 론이 말했다. "뱀의 언어 말야. 네가 무슨 말을 했는지는 아무도 몰라— 저스틴이 겁에 질렸던 것도 당연해, 네 말소리는 꼭 뱀을 부추기거나 뭐 그런 것처럼 들렸어— 소름 끼쳤다구—"

해리는 어처구니가 없는 듯 입을 벌리고 그를 바라보았다.

"내가 다른 언어를 말했다구? 하지만— 난 깨닫지 못했어— 어떻게 나 자신도 모르는 말을 내가 할 수 있다는 거야?"

론이 고개를 설레설레 저었다. 론과 헤르미온느 모두 마치 누군가가 죽기라도 한 것 같은 표정을 짓고 있었다. 해리는 뭐가 그리 끔찍한지 이해할 수 없었다.

"뱀이 저스틴의 머리를 물어뜯지 못하게 한 게 도대체 뭐가 잘못되었다는 거니?" 그가 말했다. "저스틴이 '목이 없는 사냥꾼 협회'에 들어갈 필요가 없게 되었는데 내가 어떻게 그렇게 했는지가 뭐가 그리 중요하냐구?"

"중요해." 헤르미온느가 마침내 쉰 목소리로 말했다. "왜냐하면 살라자르 슬리데린이 바로 뱀과 의사 소통하는 것으로 유명했기 때문이야. 슬리데린 기숙사의 상징이 뱀인 건 바로 그 때문이지."

해리의 입이 딱 벌어졌다.

"바로 그거야." 론이 말했다. "그리고 지금쯤 모든 아이들이 네가 그의 손자의-손자의-손자의-손자의-손자나 뭐 그런 관계쯤 된다고 생각할 거야…"

"하지만 난 아냐." 해리는 자신도 정확히 설명할 수 없는 막연한 두려움에 휩싸였다.

"하지만 그건 입증하기가 어려워." 헤르미온느가 말했다. "그는 1000년 전쯤에 살았던 사람이니까 말야. 우리가 알고 있는 건, 그저 네가 그의 후손일지도 모른다는 것뿐이야."

해리는 그날 밤 몇 시간 동안이나 눈을 뜬 채로 침대에 누워 있었다. 창 밖엔 눈발이 날리고 있었다.

내가 정말 살라자르 슬리데린의 후손일까? 해리는 아버지의 가족에 대해 아는 게 하나도 없었다. 더즐리 가족은 언제나 그가 마법사 친척들에 대해 묻는 걸 질색했었다.

해리는 조용히 뱀의 언어로 말을 해보려 했다. 하지만 아무 소리도 나오지 않았다. 그렇게 하려면 뱀과 얼굴을 맞대고 있어야 하는 것 같았다.

하지만 난 *그리핀도르*에 있어, 해리는 생각했다. 내가 슬리데린의 피를 가졌다면 마법의 분류 모자가 날 여기에 넣지 않았을 거야….

'야,' 그의 머리 속에서 심술궂은 어떤 작은 목소리가 말했다. '하지만 분류 모자는 널 슬리데린에 넣고 싶어했어, 기억나지 않아?'

해리는 몸을 뒤척였다. 다음날 약초학 수업 시간에 저스틴을 만나면, 그가 뱀을 부추겼던 게 아니라, 그를 해치지 말고 가만히 있으라고 했던 거라고 설명하리라. 그건 너무도 분명한 사실이라고(그는 화가 나서 주먹으로 베개를 퍽퍽 때렸다).

그러나 다음날 아침, 밤새 내리기 시작한 눈이 심한 눈보라

로 변하는 바람에 그 학기의 마지막 약초학 수업이 그만 휴강
되고 말았다. 스프라우트 교수가 직접 맨드레이크에게 양말과
목도리를 씌워주고 싶어했던 것이다. 그것이 아무나 할 수 없
는 까다로운 일이라는 이유도 있었지만, 무엇보다 맨드레이크
를 잘 보호해서 노리스 부인과 콜린 크리비를 회복시킬 수 있
을 만큼 빨리 자라게 하는 게 너무도 중요했기 때문이었다.

해리가 그리핀도르 학생 휴게실의 난로 옆에서 고민하고 있
는 동안, 론과 헤르미온느는 그 시간을 이용해 마법사 체스 게
임을 했다.

"제발, 해리." 론의 비숍 중 하나가 그녀의 나이트를 말에서
떨어뜨려 체스 판 밖으로 끌어냈을 때 헤르미온느가 화를 내
며 말했다. "그렇게 걱정되면 저스틴을 찾아서 직접 해명을 하
는 게 어때."

해리는 그녀의 말대로 저스틴을 찾아 나서기로 하고 초상화
구멍으로 나갔다.

창문마다 굵은 회색빛 눈발이 날리고 있었으므로 성은 평상
시보다 더 어두웠다. 해리는 추위로 후들후들 떨면서, 교실들
을 지나갔다. 안에서 수업하는 소리가 들렸다. 맥고나걸 교수
가 누군가에게 고함을 지르고 있었는데, 들리는 소리로 판단
하건대, 학생 중의 하나가 오소리로 변한 것 같았다. 해리는
안을 들여다보고 싶은 충동을 억누르고 계속 걸었다. 그리고
저스틴이 자유시간을 이용해 공부를 할지도 모른다는 생각에
도서관을 먼저 살펴보기로 했다.

약초학 수업을 같이 듣는 후플푸프 아이들은 정말로 도서관에 앉아 있었다. 하지만 그들은 공부를 하고 있는 것 같지는 않았다. 길게 늘어선 높은 책시렁들 사이에서 서로 머리를 맞대고 흥미진진한 대화를 나누고 있는 것처럼 보였다. 그가 저스틴이 있는지 보려고 다가가고 있을 때 그들이 하고 있는 말이 귀에 들어왔다. 그는 얼른 발을 멈추고 몸을 숨겼다.

"어쨌든," 한 뚱보 남자애가 말했다. "저스틴에게 우리 기숙사에 숨어 있으라고 했어. 포터가 만약 그 애를 다음 희생자로 점찍었다면, 한동안 눈에 띄지 않는 게 최선일 거라는 얘기지. 저스틴은 언젠가 우연히 자신이 머글 태생이라는 말을 포터에게 했었는데 그 이후로 죽 이런 일이 일어날까봐 불안해했었대. 그에게 글쎄 이튼 학교에 가려다가 이리로 오게 되었다고 말했었다나봐. 그런 말을 아무렇지 않게 슬리데린의 후계자에게 떠들어대다니, 그 애도 참 한심해."

"그럼 넌 그게 다 포터가 한 짓이라고 생각하는 거니, 어니?" 금발머리를 길게 땋아늘인 여자아이가 걱정스럽게 말했다.

"한나." 그 뚱보 남자애가 진지하게 말했다. "그 애는 뱀의 말을 했어. 그 앤 어둠의 마법사가 틀림없어. 너 좋은 마법사치고 뱀에게 말할 수 있는 사람 봤어? 사람들은 슬리데린을 뱀의 말을 하는 사람이라고 불렀어."

분명히 알아들을 수는 없었지만 몹시 투덜거리는 소리가 들렸다. 어니가 계속했다. "벽에 쓰여진 말 기억나니? 후계자의

적들이여, 조심하라 라는 말 말야. 포터는 필치와 약간 언쟁을 벌였었어. 그런데 그 다음에 어떤 일이 벌어졌니, 필치의 고양이가 공격받았잖아. 1학년생 크리비는 퀴디치 시합에서 포터를 화나게 했었어, 그가 진흙 바닥에 누워있는 사진을 찍는다고 말야. 그런데 그 다음에 어떤 일이 벌어졌니— 크리비가 공격받았잖아."

"하지만 그렇게 착해 보이는 애가 어떻게." 한나가 믿을 수 없다는 듯 말했다. "그리고, 뭐랄까, 그 앤 그 사람을 사라지게 한 장본인이잖아. 그 애가 그렇게 나쁜 아이일 리가 없어, 안 그래?"

어니가 목소리를 속삭이듯이 낮추자, 아이들이 더 가까이 모여들었으므로 해리는 좀더 잘 듣기 위해 더 가까이 다가갔다.

"그 애가 그 사람의 공격을 받고 어떻게 살아남았는지는 아무도 몰라. 더 정확하게 말하면, 그런 일이 일어났을 때 그 앤 그저 갓난아기에 지나지 않았어. 그 애는 흔적도 없이 사라졌어야 해. 그런데 봐, 그 애는 멀쩡히 살아남았잖아. 그런 저주에서 살아남을 수 있었다는 건 그 애가 아주 강력한 어둠의 마법사라는 증거야." 그가 목소리를 아주 낮춰 속삭이듯이 말했다. "그 사람이 애당초 그 앨 죽이고 싶어했던 건 어쩌면 바로 그 때문인지도 몰라. 쉽게 말하면 자신에게 필적할 만한 또 다른 어둠의 마법사를 없애버리려 했다는 얘기지. 포터가 숨기고 있는 다른 힘들은 무엇일까?"

해리는 더 이상 알아들을 수가 없었다. 그래서 큰소리로 목을 가다듬으며, 책시렁들 뒤에서 걸어나왔다. 후플푸프의 아이들은 그를 보자 돌처럼 굳어버렸다. 어니의 얼굴에서는 핏기가 사라지고 있었다.

"안녕." 해리가 말했다. "저스틴 핀치-플레츨리가 어디에 있는지 혹시 아니?"

후플푸프 아이들이 가장 우려했던 일이 확인되는 순간이었다. 그들 모두 걱정스러운 얼굴로 어니를 바라보았다.

"그 애는 왜?" 어니가 떨리는 목소리로 말했다.

"결투 클럽에서 일어난 뱀 사건 때문에 말야. 그 애에게 정말로 어떤 일이 일어났던 건지 설명하려구." 해리가 말했다.

어니가 새하얘진 입술을 깨문 뒤, 심호흡을 했다. "우리들 모두 그 자리에 있었어. 그리고 우린 그 때 어떤 일이 일어났는지 다 보았어."

"그러면 내가 뱀에게 말한 뒤, 뱀이 뒤로 물러섰다는 걸 알아챘겠네?" 해리가 말했다.

"아냐," 어니는 완강히 말했지만, 그의 목소리는 떨리고 있었다. "넌 뱀에게 저스틴 쪽으로 가라고 말했어."

"난 뱀에게 그 애를 쫓아가라고 하지 않았어!" 해리가 말했다. 그의 목소리는 분노로 떨리고 있었다. "뱀은 그 앨 건드리지도 않았잖아!"

"하마터면 그럴 뻔했어." 어니가 말했다. "그리고 네가 엉뚱한 생각을 할까봐 말하는데," 그가 급히 말했다. "확인해 보면 알겠지만 우리 가족은 위로 9대까지 마녀와 마법사들이었어.

내 혈통은 어느 누구보다도 순수해, 그러니까—"

"난 네가 어떤 혈통인지 관심 없어!" 해리가 사납게 말했다. "내가 왜 머글 태생들을 습격하고 싶어하겠어?"

"난 네가 함께 사는 머글들을 지독히도 싫어한다는 말을 들은 적이 있어." 어니가 얼른 말했다.

"누구든 더즐리 가족과 함께 살아본다면 다 그렇게 될 거야." 해리가 말했다. "너도 한번 그 집에서 살아보라구."

그가 그렇게 말하고는 휙 돌아서서 발을 쾅쾅 구르며 도서실에서 나가는 바람에 금박을 입힌 커다란 마법책의 표지를 닦고 있던 핀스 부인에게 따가운 눈초리를 받았다.

해리는 너무 화가 나서 자신이 어디로 가고 있는지도 전혀 몰랐다. 그런데 깜박하는 사이 어느 복도로 들어섰는데, 뭔가 아주 크고 딱딱한 것에 부딪히는 바람에 그만 마룻바닥으로 벌렁 나자빠지고 말았다.

"오, 안녕, 해그리드." 해리가 위를 올려다보며 말했다.

해그리드의 얼굴은 어깨까지 덮는 큰 양모 털모자로 완전히 가려져 있었지만, 두더지 가죽 코트를 입고 복도를 다 막고 서 있는 것으로 보아, 그인 게 분명했다. 장갑을 낀 그의 커다란 손에 죽은 수탉이 들려 있었다.

"잘 지냈니, 해리?" 그가 털모자를 벗으며 말했다. "왜 수업에 안 들어가고?"

"휴강됐어요." 해리가 일어서며 말했다. "여기서 뭐하고 계세요?"

해그리드가 축 처진 수탉을 들어올렸다.

"이번 학기에 벌써 두 번째야." 그가 설명했다. "여우도, 피빨아먹는 도깨비의 짓도 아냐. 그래서 교장 선생님의 허가를 받아 닭장에 마법을 걸어 두려고 가는 참이야."

그가 눈이 묻어 희끄무레해진 눈썹을 모으고 해리를 더 주의 깊게 살폈다.

"너 정말 괜찮니? 굉장히 흥분하고 화난 것처럼 보이는데."

해리는 어니와 다른 후플푸프 아이들이 그에 대해 말했던 것을 해그리드에게 말해 줄 기분이 아니었다.

"아무 것도 아니에요." 그가 말했다. "전 이만 가보는 게 좋겠어요, 해그리드, 다음 시간이 변신술 수업이라 책을 가지러 가야 하거든요."

그는 마음이 온통 어니가 했던 말로 가득 차 있었지만 발걸음을 재촉했다.

'저스틴은 언젠가 우연히 자신이 머글 태생이라는 말을 포터에게 했었는데 그 이후로 죽 이런 일이 일어날까 봐 불안해했었대.'

해리는 계단을 쾅쾅 밟으며 올라가 또 다른 복도로 방향을 돌렸다. 그곳은 훨씬 더 어두웠다. 꽉 닫히지 않은 창문 사이로 불어닥친 세찬 바람 때문에 횃불들이 다 꺼져버렸기 때문이었다. 그런데 복도를 반쯤 걸어갔을 때 그는 마룻바닥에 누워있는 뭔가에 걸려 곤두박질치며 넘어지고 말았다.

그리고 무엇에 걸려 넘어졌는지 보려고 고개를 돌리는 순간 그는 심장이 멎는 것 같은 아득한 느낌이 들었다.

저스틴 핀치-플레츨리가 뭔가에 충격을 받은 듯 굳어버린 표정으로 멍하니 천장을 바라보며, 뻣뻣하고 싸늘하게 식은 채, 마룻바닥에 누워 있었다. 그것만이 아니었다. 그의 옆에는 해리가 지금까지 한번도 본 적이 없는 이상한 또 하나의 형상이 있었다.

그것은 목이 달랑달랑한 닉이었는데, 그는 더 이상 진줏빛의 뽀얗고 투명한 색을 띠고 있지 않았으며, 새까맣게 그을린 모습으로 마룻바닥 위로 20여 센티미터 정도 되는 높이에 길게 누워 움직임 없이 둥둥 떠 있었다. 머리는 반쯤 떨어져 있었고 역시 저스틴처럼 충격받은 표정을 짓고 있었다.

해리는 벌떡 일어섰다. 숨이 가빴고 가슴은 두방망이질을 했다. 그는 아무도 없는 복도 이쪽저쪽을 미친 듯이 바라보았다. 거미들이 줄지어 그 시체들로부터 황급히 달아나고 있는 게 보였다. 소리라고는 복도 양쪽에 있는 교실에서 들려오는 선생님들의 희미한 목소리들뿐이었다.

달아나면, 아무도 그가 그곳에 있었다는 걸 알지 못할 것이다. 그러나 그는 그들을 이대로 여기에 누워있게 내버려둘 수가 없었다… 도움을 요청해야 했다… 그렇지만 그가 이 일과 아무런 관련이 없다는 걸 누가 믿어줄까?

그가 전전긍긍하며 서 있을 때, 바로 옆에 있는 문이 쾅 하고 열리더니 소리의 요정 피브스가 튀어나왔다.

"이런, 꼬맹이 포터로군!" 피브스가 옆으로 급히 움직이다가 해리의 안경을 쳐서 비뚤어지게 했다. "포터 뭐하니? 포터가 왜 숨어있—"

피브스가 말을 멈추더니, 공중제비를 하며 반쯤 갔다. 그리곤 물구나무로 선 그가, 저스틴과 목이 달랑달랑한 닉을 발견했다. 그는 얼른 몸을 바로하고, 숨을 가득 들이마시더니, 해리가 미처 말리기도 전에, 소리쳤다. **"습격이에요! 습격! 습격이 또다시 일어났어요! 사람도 유령도 안전하지 못해요! 죽을 힘을 다해 달아나세요! 습격겨격!"**

쾅— 와르르— 쾅— 복도에서 문이 잇따라 활짝 열리며 사람들이 물밀 듯이 쏟아져 나왔다. 한참 동안이나 계속되는 혼란 속에서, 사람들이 저스틴을 밟고 지나가거나 목이 달랑달랑한 닉을 뚫고 지나가는 일이 벌어졌다. 선생님들이 조용히 하라고 소리칠 때 해리는 아이들이 자신을 꼼짝 못하게 벽에다 밀어붙이고 있다는 걸 알았다. 맥고나걸 교수가 변신술 수업을 받던 학생들과 함께 달려왔는데, 한 아이의 머리카락은 여전히 흑백으로 온통 줄무늬가 쳐진 채였다. 그녀는 요술지팡이를 이용해 펑 하는 시끄러운 소리를 내어 조용히 시킨 뒤 모두들 교실로 돌아가라고 명령했다. 아이들이 다 교실로 들어가 버릴 때쯤 후플푸프의 학생인 어니가 숨을 헐떡이며 도착했다.

"모두 얘가 그런 거예요!" 어니가 얼굴이 새하얗게 되어, 손가락으로 해리를 가리키며 소리쳤다.

"그만하면 됐다, 맥밀란!" 맥고나걸 교수가 날카롭게 말했다. 피브스는 머리 위에서 심술궂게 웃으며 까불까불 움직이면서 그 현장을 내려다보고 있었다. 피브스는 언제나 혼란을 좋아했다. 선생님들이 허리를 굽혀 저스틴과 목이 달랑달랑한 닉을 살피자, 피브스가 갑자기 노래를 부르기 시작했다.

"오, 포터, 이 천덕꾸러기야, 오, 무슨 짓을 한 거야,
학생들을 죽이다니, 넌 그게 재미있는지 모르지만—"

"이제 그만해, 피브스!" 맥고나걸 교수가 큰소리로 호통치자, 피브스가 해리에게 혓바닥을 쏙 내밀고는 뒤로 붕 날아가 사라져 버렸다.

저스틴은 플리트윅 교수와 천문학과의 시니스트라 교수에 의해 병동으로 옮겨졌지만, 목이 달랑달랑한 닉은 어떻게 해야 할지 아무도 모르는 것 같았다. 결국, 맥고나걸 교수는 마술로 허공에서 커다란 부채를 하나 만들어내더니, 그것을 어니에게 주며 목이 달랑달랑한 닉을 계단 위로 둥둥 떠가게 하라고 지시했다. 어니는 그녀가 시키는 대로 했다. 이렇게 되자 이제 해리와 맥고나걸 교수만 남게 되었다.

"이쪽으로 와라, 포터." 그녀가 말했다.

"교수님." 해리가 즉시 말했다. "전 맹세코 아무 짓도 하지 않았어요—"

"이 일은 내 소관 밖이다, 포터." 맥고나걸 교수가 퉁명스럽게 말했다.

그들은 말없이 복도 끝의 모퉁이를 돌아가 커다랗고 굉장히

이상하게 생긴 이무기 돌 앞에서 멈춰 섰다.

"레몬 방울!" 그녀가 말했다. 그게 암호였는지, 갑자기 이무기 돌이 움직이더니 뒤에 있는 벽이 둘로 쩍 쪼개지며 옆으로 비켜섰다. 앞으로 닥칠 일에 대한 두려움으로 가득 차 있었음에도 불구하고, 해리는 놀라지 않을 수 없었다. 그 벽 뒤에는 꼭 에스컬레이터처럼 위로 매끄럽게 움직이고 있는 나선형의 계단이 있었다. 맥고나걸 교수와 함께 계단 위에 발을 들여놓자, 벽이 쿵 하며 닫히는 소리가 들렸다. 그들은 빙글빙글 돌며, 계속해서 위로 위로 높이 올라갔고, 마침내 약간 현기증이 날 때쯤, 눈앞에 놋쇠로 만든 그리핀 모양의 고리쇠가 달린 박달나무 문이 어슴푸레 빛나고 있었다.

그는 이제야 맥고나걸 교수가 어디로 데려온 건지 알았다. 이곳은 덤블도어 교수의 거처가 틀림없었다.

제 *12* 장

폴리주스 마법의 약

맨 위에 다다르자 그들은 돌계단에서 내려섰다. 맥고나걸 교수가 톡톡 노크를 하자 문이 스르르 열렸다. 맥고나걸 교수는 해리에게 안에서 잠시 기다리라고 말하고는 그를 혼자 내버려둔 채 어디론가 가버렸다.

해리는 주위를 둘러보았다. 덤블도어 교수의 사무실은 해리가 지금까지 가본 어느 교수님들의 사무실보다도 흥미로웠다. 만약 학교에서 쫓겨날지도 모른다는 두려운 마음만 아니었다면, 이렇게 둘러볼 수 있게 된 게 무엇보다도 기뻤을 것이다.

커다란 원형의 방안에서는 온갖 이상한 소리들이 났다. 가느다란 다리를 가진 긴 탁자 위에는 씽 하는 소리를 내며 연기를 뿜어내는 기이한 은빛 도구들이 잔뜩 놓여져 있었다. 사방의 벽에는 온통 역대 교장 선생님들의 초상화들로 뒤덮여 있었는데, 사진틀 속의 교장 선생님들은 하나같이 꾸벅꾸벅 졸고 있었다. 또한 갈고리 모양의 다리가 달린 꽹장히 큰 책상이 하나 있었는데, 그 뒤쪽에 놓여있는 선반에는 다 낡아빠지고 해진 마법사 모자가 놓여 있었다. 바로 마법의 분류 모자였다.

해리는 망설였다. 그는 사방의 사진틀 속에서 졸고 있는 마녀와 마법사들을 조심스럽게 쳐다보았다. 모자를 꺼내서 다시 한번 써봐도 괜찮겠지? 그냥 알아보려는 것뿐인데… 그냥 그 모자가 자신을 올바른 기숙사에 넣은 건지 확인해보려는 것뿐인데—.

그는 조용히 책상 앞으로 걸어가, 선반에서 모자를 내려 천천히 머리에 썼다. 모자는 너무 커서 지난번에 썼을 때처럼 눈까지 푹 덮어버렸다. 해리는 모자의 까만 내부를 응시하며 기다렸다. 그때 귓가에 작은 목소리가 들렸다. "무엇을 골똘히 생각하니, 해리 포터?"

"어, 네에." 해리가 중얼거렸다. "귀찮게 해서 죄송해요. 물어볼 게 있어서요."

"내가 널 올바른 기숙사에 넣었는지 궁금해하고 있었지?" 모자가 재빨리 말했다. "그래… 너의 기숙사를 정할 땐 특히 힘들었어. 하지만 전에 말했던 대로야"—가슴이 두근거렸다—"넌 슬리데린에서도 잘했었을 거야—"

가슴이 철렁 내려앉았다. 그는 모자를 확 벗었다. 더럽고 색이 다 바랜 모자가 그의 손에 힘없이 축 늘어져 있었다. 해리는 속이 울렁거리는 걸 느끼며 모자를 다시 선반 위로 밀어 넣었다.

"틀렸어요." 그가 말없는 모자에게 큰소리로 말했다. 모자는 움직이지 않았다. 해리는 모자를 똑바로 쳐다보며, 뒤로 물러섰다. 그때 뒤에서 기침을 하는 것 같은 이상한 소리가 났다. 그는 휙 돌아섰다.

방안에 아무도 없는 게 아니었다. 문 뒤에 있는 황금빛 횃대에 새 한 마리가 앉아 있었다. 칠면조를 닮은 그 새는 꽤 늙어 보였다. 해리가 빤히 바라보자 그것이 다시 기침과 같은 소리를 내며, 마주 바라보았다. 그 새는 매우 아파 보였다. 눈동자에는 생기가 없었으며, 해리가 지켜보고 있는 동안에도, 꼬리에서 깃털 두어 개가 떨어졌다.

덤블도어 교수의 애완용 새가 없다면 방안에 혼자 있게 되어 더 좋겠다고 생각한 순간, 마치 그 생각 탓이기라도 한 것처럼 그 새가 갑자기 확 불길에 타오르는 놀라운 일이 벌어졌다.

해리는 깜짝 놀라서 소리를 지르며 뒤로 물러섰다. 그리고 혹시 물컵이 있나 하고 주위를 열심히 둘러보았지만 보이지 않았다. 금세 그 새는 불덩어리가 되어버렸다. 그리고는 꽥 하고 한번 크게 비명을 지르더니 마룻바닥에 검게 타버린 잿더미만 남았다.

그 때 사무실 문이 열렸다. 덤블도어 교수가 매우 침울한 표정으로 들어왔다.

"교수님." 해리는 숨이 막혀 말이 잘 나오지 않았다. "교수님의 새가— 전 어떻게 할 수가 없었어요. 그냥 불이 붙어버렸어요."

그러나 놀랍게도 덤블도어 교수는 미소를 지을 뿐이었다.

"죽을 때가 된 거란다." 그가 말했다. "그 새는 며칠 동안 무시무시한 표정을 짓고 있었지. 가야 할 때가 임박했기 때문이야."

그는 해리의 얼굴에 나타난 어리둥절한 표정을 보고 싱그레 웃었다.

"픽스는 불사조란다, 해리. 불사조들은 죽을 때가 되면 갑자기 확 타올랐다가 잿더미에서 다시 태어나지. 저걸 봐라…."

해리가 내려다보자 정말로 아주 작은, 쭈글쭈글한 금방 태어난 새 한 마리가 잿더미에서 얼굴을 삐죽이 내밀었다. 그건 아까 보았던 그 새만큼이나 생김새가 추했다.

"그 새가 불타버리는 모습을 보다니 안됐구나." 덤블도어 교수가 책상 뒤로 가 앉으며 말했다. "그 새는 원래는 빨간색과 황금색의 깃털을 갖고 있는 굉장히 멋진 새란다. 불사조들은 대단히 매혹적인 생물이지. 굉장히 무거운 짐도 나를 수 있고, 눈물은 병을 고치는 힘이 있으며, 또 대단히 충실한 애완 동물이 되기도 한단다."

픽스가 타버리는 걸 본 충격에, 해리는 잠시 자신이 무엇 때문에 그곳에 왔는지 까맣게 잊고 있었지만, 덤블도어 교수가 책상 뒤에 있는 높은 의자에 앉아 하늘빛 눈으로 해리를 뚫어질 듯 바라보자 다시 모든 생각이 떠올랐다.

그러나 덤블도어 교수가 미처 말을 꺼내기도 전에, 사무실 문이 엄청나게 큰소리를 내며 확 열리더니 해그리드가 텁수룩한 까만 머리에 털모자를 쓰고, 흥분한 얼굴로 불쑥 들이닥쳤다. 손에는 아까 보았던 그 죽은 수탉이 여전히 흔들거리며 들려 있었다.

"해리가 그런 게 아닙니다. 덤블도어 교수님!" 해그리드가 다급하게 말했다. "저 아이가 발견되기 조금 전에 제가 그 애와 말을 나누었어요, 그 애는 그럴 시간이 전혀 없었어요⋯."

덤블도어가 뭐라고 말하려고 했지만, 해그리드는 흥분해서 수탉을 이리저리 흔들어 깃털을 사방을 흐트러뜨리며 고함을 질러댔다.

"그 애가 그랬을 리가 없어요, 전 필요하다면 마법부장관 앞에서라도 맹세할 수 있어요."

"해그리드, 난—"

"사람을 잘못 보신 거예요, 해리는 절대로—"

"*해그리드!*" 덤블도어가 큰소리로 말했다. "난 해리가 다른 사람들을 습격했다고 생각하지 않아요."

"아," 해그리드가 수탉을 옆으로 툭 떨어뜨리며 말했다. "알겠습니다. 전 그럼 밖에서 기다리겠습니다, 교장 선생님."

그리고 그는 무안한 표정으로 걸어나갔다.

"제가 그런 게 아니라고 생각하신다구요, 교수님?" 덤블도어 교수가 책상에서 수탉의 깃털을 털어 낼 때 해리가 희망을 가지고 되풀이해 물어보았다.

"그렇단다, 해리, 난 그렇게 생각하지 않는단다." 그러나 덤블도어 교수의 표정은 웬일인지 다시 침울해졌다. "하지만 네게 할말이 있어서 부른 거란다."

덤블도어 교수가 긴 손가락 끝을 한데 모으고 바라보는 동안 해리는 초조하게 기다렸다.

"해리, 혹시 내게 말하고 싶은 건 없니?" 그가 부드럽게 말했다. "어떤 것이든 말이다."

해리는 뭐라고 말해야 할지 몰랐다. 그는 "흥, 다음은 어떤 잡종이 당할 차례일까!"라고 소리치던 말포이와, 모우닝 머틀의 화장실에서 부글부글 끓고 있는 폴리주스 마법의 약을 떠올렸다. 그리고 두 번이나 들었던 형체 없는 목소리와 "아무도 듣지 못하는 목소리를 듣는 건 좋은 징조가 아니야, 심지어 마법사의 세계에서조차도 말야"라고 하던 론의 말도 생각났다. 그는 또 모두들 그에 대해 뭐라고 수군대고 있는지와, 그가 살라자르 슬리데린과 어떻게든 관련되어 있는 것 같다는 떨쳐버릴 수 없는 두려움에 대해서도 생각했다….

"아뇨." 해리가 말했다. "아무 것도 없어요, 교수님…."

저스틴과 목이 달랑달랑한 닉이 동시에 습격을 받은 사건 이후 사람들은 이제 그저 막연히 겁먹는 것이 아니라 정말로 공포에 떨고 있었다. 이상하게도, 목이 달랑달랑한 닉이 그렇게 된 게 사람들에게 큰 충격을 주었던 것 같았다. 도대체 무엇이었길래 유령에게까지 그렇게 할 수 있었을까? 얼마나 무서운 힘이길래 이미 죽은 사람까지 해칠 수 있을까? 학생들은 집에서 크리스마스를 보내기 위해 앞다투어 호그와트 급행 열차의 표를 샀다.

"이런 식으로 가다간, 우리밖에 안 남겠어." 론이 해리와 헤르미온느에게 말했다. "우리와, 말포이와 크레이브와 고일. 굉장히 즐거운 휴일이 되겠군."

크레이브와 고일은 말포이가 뭘 하든 무조건 따라 했으므로, 크리스마스 휴일에도 그와 함께 성에 머물기로 했었다. 그러나 해리는 대부분의 사람들이 떠나는 게 오히려 기뻤다. 그는 마치 자신의 입에서 송곳니가 자라 나오거나 독액을 뿜어내기라도 할 것처럼, 사람들이 복도에서 그를 슬금슬금 피해 가는 데 질려 있었다. 또 그가 지나갈 때면 수군거리며, 손가락질을 하거나, 불평을 해대는 데도 넌더리가 났다.

프레드와 조지는 그러나 이 모든 게 매우 재미있다고 생각했다. 그들은 복도에서 해리 앞으로 걸어나가 이렇게 소리쳤다. "사악하고도 위대한 마법사 슬리데린의 후계자가 나가시니 모두 길 좀 비켜라…"

퍼시는 이런 행동을 굉장히 못마땅하게 여기고 있었다.

"이건 재미로 삼을 일이 아니야." 그가 차갑게 말했다.

"저리 비켜, 형." 프레드가 말했다. "해리는 급해."

"그래, 해리는 지금 송곳니가 돋아난 하인과 차 한잔 하러 비밀의 방으로 가는 길이야." 조지가 깔깔거리며 말했다.

지니도 그걸 전혀 재미있어하지 않았다.

"그러지 마." 그녀는 프레드가 해리에게 큰소리로 다음 번엔 누굴 습격할 계획이냐며 물을 때마다, 혹은 조지가 해리와 만났을 때 커다란 마늘 한쪽으로 해리를 피하는 척할 때마다 불평을 해댔다.

해리는 신경 쓰지 않았다. 그는 오히려 기분이 좋았다. 왜냐하면 프레드와 조지는 적어도 그가 슬리데린의 후계자라는 착상 자체가 아주 어이없다고 생각하고 이런 장난을 치는 것이기 때문이었다. 그러나 그들의 익살스러운 장난이 드레이코 말포이를 약오르게 했던지 그는 그들이 그렇게 하는 걸 볼 때마다 심술궂게 굴었다.

"그건 바로 말포이 녀석이 자기가 슬리데린의 후계자라는 걸 말하고 싶어 좀이 쑤신다는 뜻이야." 론이 다 알고 있다는 듯이 말했다. "녀석은 원래 자기보다 잘난 사람은 못 봐주는 성격이잖아. 그런데 일은 다 제 녀석이 했는데 엉뚱하게도 네가 유명해지니까 심술이 난 거지 뭐."

"이제 얼마 남지 않았어." 헤르미온느가 흡족한 어조로 말했다. "폴리주스 마법의 약이 거의 다 됐거든. 이제 언제라도 그 애에게서 진실을 알아낼 수 있을 거야."

마침내 학기가 끝나자, 성에도 정원에 쌓인 눈만큼이나 깊은 정적이 찾아왔다. 해리는 그러나 그게 음울하기보다는 오히려 평화롭다는 생각이 들었고, 그와 헤르미온느와 위즐리 형제들은 그리핀도르 탑에 마음대로 드나들며 즐거운 시간을 보냈다. 어느 누구의 방해도 받지 않고 큰소리로 떠들며 카드 놀이도 할 수 있었을 뿐만 아니라, 몰래 결투 연습까지도 할 수 있었다. 프레드와 조지와 지니는 위즐리 부부와 함께 이집트에 있는 빌을 방문하지 않고 학교에 남아있기로 했었다. 퍼시는 그들의 행동이 유치하다며 못마땅하게 생각해서, 그리핀도르의 학생 휴게실로는 거의 내려오지 않았다. 그는 이미 자기가 크리스마스 동안에 학교에 머무는 것은 이런 곤란한 시기에 선생님들을 돕는 것이 반장으로서의 의무이기 때문일 뿐이라고 그들에게 거드름을 피우며 말했었다.

크리스마스 아침은 춥고 하얗게 밝아왔다. 다섯 명이 함께 쓰는 기숙사 방에 둘만 남아있던 해리와 론은 꼭두새벽부터 옷을 다 차려 입고 선물을 들고 들이닥친 헤르미온느 때문에 잠에서 깨고 말았다.

"일어나," 그녀가 창문 커튼을 걷으며 큰소리로 말했다.

"헤르미온느. 넌 여기에 들어오면 안되잖아." 론이 햇빛에 눈을 가리며 말했다.

"메리 크리스마스" 헤르미온느가 그에게 선물을 던지며 말했다. "난 그 약에 풀잠자리들을 더 넣느라, 거의 네 시간 전에 일어났었어. 이제 다 됐어."

해리가 그 말에 갑자기 눈을 동그랗게 뜨며 일어나 앉았다.

"정말이니?"

"물론이지." 헤르미온느가 론의 쥐 스캐버스를 한옆으로 옮기고 침대 끝에 앉으며 말했다. "시험해 보기엔 오늘이 딱 좋아."

바로 그 순간, 헤드위그가 부리에 작은 소포를 물고 방안으로 날아들었다.

"안녕," 부엉이가 침대에 내려앉자 해리가 유쾌하게 말했다. "이제는 화가 풀렸나보지?"

부엉이가 애정의 표시라도 하듯 그의 귀를 조금씩 물어뜯었다. 그건 부엉이가 지금 가져다 준 더즐리 가족에게서 온 선물보다 훨씬 더 좋은 선물이었다. 그들이 해리에게 보낸 건 고작 이쑤시개 하나와, 그가 여름 방학 동안에도 호그와트에서 보낼 수 있는지 알아보라는 쪽지 편지가 다였다.

해리의 나머지 크리스마스 선물은 훨씬 더 만족스러웠다. 해그리드는 그에게 커다란 당밀 퍼지 통조림을 보냈으며, 론은 '대포와 함께 날기'라는 책을 주었는데, 그건 그가 가장 좋아하는 퀴디치 팀에 대한 흥미로운 사실들이 많이 나와있는 책이었다. 또 헤르미온느는 그에게 독수리 깃털로 만든 고급 깃펜을 사주었다. 해리가 마지막 선물을 뜯자 위즐리 부인이 손수 뜬 새 스웨터와 커다란 자두 케이크가 들어있었다. 그는 그녀가 보낸 카드를 읽으며 위즐리 씨의 차(그건 커다란 버드나무와 충돌한 이후 발견되지 않았다)와, 론과 함께 계획하고 있는, 또 한바탕 크게 벌어질 규칙 위반에 대해 생각하며 무거운 죄책감에 휩싸였다.

모든 사람들이, 심지어 나중에 폴리주스 마법의 약을 마셔야 하는 사람들까지도, 호그와트에서의 크리스마스 만찬을 맘껏 즐기고 있었다.

연회장은 정말 멋져 보였다. 서리가 덮인 십여 개의 크리스마스 트리와, 천장을 가로지르는 서양호랑가시나무와 겨우살이의 두꺼운 장식 리본까지, 그리고 천장에서는 마법에 걸린 눈이 떨어지고 있었는데, 따뜻했으며 물기도 없었다. 덤블도어는 그들에게 그가 가장 좋아하는 몇 가지 캐롤 송을 부르게 했는데, 해그리드는 에그노그(술에 우유와 설탕을 섞은 것 : 옮긴이)가 한 잔 두 잔 들어갈 때마다 점점 더 소리 높여 시끄럽게 불러댔다. 프레드는 퍼시의 반장 배지가 '바보'라고 읽히도록 마법을 걸었는데, 이 사실을 까맣게 모르는 퍼시는 다른 아이들에게 계속해서 왜 그렇게 낄낄거리며 웃느냐고 물으며 다녔다. 해리는 드레이코 말포이가 슬리데린 테이블에 앉아 자신의 새 스웨터에 대해 뭐라고 큰 목소리로 욕설을 퍼붓고 있는 것에도 전혀 신경 쓰지 않았다. 행운의 여신이 그들에게 살짝만 미소지어 준다면, 말포이는 몇 시간 후면 그런 짓을 한 것을 평생 후회하게 만들 벌을 받게 될 것이기 때문이었다.

해리와 론이 세 접시째의 크리스마스 푸딩을 다 먹어치우자 헤르미온느가 그들을 연회장 밖으로 데려가 그날 저녁의 계획을 다시 한번 일러주었다.

"아직 너희들이 변할 사람들의 몸의 일부가 필요해." 헤르미온느가 마치 그들을 간단한 쇼핑을 위해 슈퍼마켓에 보내기라도 하는 듯이 사무적으로 말했다. "크레이브와 고일의 것을 구할 수 있다면 가장 좋겠지. 그 애들은 말포이의 단짝 친구들이니까, 녀석이 뭐든지 말할 게 틀림없어. 그리고 또 우리가 그녀석에게 물어보고 있는 동안 진짜 크레이브와 고일이 불쑥 나타나지 않도록 확실히 해둘 필요가 있어. 하지만 그 방법은 내가 이미 다 생각해 두었어." 그녀가 해리와 론의 놀란 표정을 본체만체한 채, 먹음직스런 초콜릿 케이크 두 개를 들어올리며 계속해서 말했다. "이 케이크 안에 간단한 수면제를 넣었어. 너희들은 그저 크레이브와 고일이 쉽게 이 케이크를 발견하도록 적당한 곳에 놓아두기만 하면 돼. 일단 그 애들이 잠들면, 머리카락을 몇 가닥 뽑고 그애들을 빗자루 벽장 속으로 옮겨놓도록 해."

해리와 론은 불안한 표정으로 서로를 바라보았다.

"헤르미온느, 내 생각엔—"

"그렇게 했다간 일이 크게 잘못될 수도 있어—"

하지만 헤르미온느의 눈빛은 맥고나걸 교수의 눈빛처럼 아주 완고해 보였다.

"그 마법의 약은 크레이브와 고일의 머리카락이 없으면 무용지물이 될 거야." 그녀가 엄격히 말했다. "너희들 말포이를 조사해 보고 싶지 않니?"

"아, 알았어, 알았어." 해리가 말했다. "그런데 넌? 넌 누구의 머리카락을 뽑을 거니?"

"난 벌써 준비해 뒀어!" 헤르미온느가 주머니에서 아주 작은 병 하나를 꺼내 그 안에 있는 머리카락 한 가닥을 보여주며 밝게 말했다. "결투 클럽에서 나와 몸싸움을 벌였던 밀리센트 벌스트로드 기억하니? 그 애가 내 목을 조를 때 내 망토에 이게 묻었지 뭐야! 그 앤 크리스마스를 보내러 집에 갔어— 하지만 그저 다시 돌아오기로 결정했다고 말하기만 하면 돼."

헤르미온느가 부산을 떨며 폴리주스 약을 다시 살펴보러 가자, 론이 사형 선고라도 받은 것 같은 표정으로 해리에게 고개를 돌렸다.

"이거 너무 위험할 것 같지 않니?"

하지만 해리와 론의 생각과는 달리 그 계획의 1단계는 헤르미온느가 말했던 대로 놀라울 정도로 순조롭게 진행되었다. 그들은 차를 마신 뒤 사람이 아무도 없는 현관 안의 넓은 홀 모퉁이에 숨어, 슬리데린의 테이블에서 트라이플(포도주에 담근 카스텔라 류: 옮긴이)을 네 그릇째 퍼먹고 있는 크레이브와 고일을 기다리고 있었다. 해리는 초콜릿 케이크를 눈에 잘 띄게 계단의 난간 위에 올려놓았다. 크레이브와 고일이 연회장 밖으로 나오는 걸 발견하자, 그들은 얼른 현관 옆에 있는 갑옷 뒤로 숨었다.

"얼마나 멍청한지 한번 볼까?" 론이 긴장된 목소리로 이렇게 중얼거리고 있을 때 크레이브와 고일이 케이크들을 가리키더니 얼른 움켜잡고 멍청하게 씩 웃으며 그걸 통째로 커다란 입 속으로 쑤셔 넣었다. 잠시동안, 그들은 맛있어 죽겠다는 듯 게걸스럽게 씹어먹었다. 그리곤, 별안간 둘 다 마룻바닥으로 벌렁 나자빠졌다.

이제 그들을 홀 맞은편에 있는 벽장 속에 숨기는 게 문제였다. 일단 그들을 양동이와 자루걸레들 사이에 안전하게 집어넣은 후, 해리는 고일의 이마를 덮고 있는 억센 머리카락 두어 개를 휙 잡아당겼고, 론도 크레이브의 머리카락 몇 가닥을 뽑았다. 신발도 잠시 빌려야 했다. 자신들의 신발이 크레이브와 고일의 발 크기에 비해 너무 작았기 때문이었다. 그리고는 일이 계획대로 너무 술술 잘 풀리는 것 같아 조금 싱거운 기분으로 모우닝 머틀의 화장실로 달려갔다.

헤르미온느가 젓고 있는 냄비에서 나오는 자욱한 검은 연기 때문에 앞이 거의 보이지 않았다. 해리와 론은 망토를 얼굴로 끌어올리고, 조용히 문을 노크했다.

"헤르미온느?"

자물쇠를 옆으로 밀어서 여는 소리가 나더니 헤르미온느가 아주 상기된 얼굴로 나타났다. 그녀 뒤에서는 끈적끈적한 약이 거품을 일으키며 부글부글 끓고 있었다. 변기 위에는 커다란 유리컵 세 개가 준비되어 있었다.

"구했어?" 헤르미온느가 숨을 죽이고 물었다.

해리가 그녀에게 고일의 머리카락을 보여주었다.

"좋았어. 난 세탁실에서 이 망토들을 슬쩍 집어왔어." 헤르미온느가 작은 자루를 들어올리며 말했다. "너희들이 크레이브와 고일이 되면 더 큰 망토가 필요할 것 같아서 말야."

그들 셋은 냄비 속의 약을 뚫어지게 들여다보았다. 가까이 다가가서 보자, 꼭 거무스름한 색의 걸쭉한 진흙이 부글부글 끓고 있는 것 같았다.

"들어갈 건 다 들어갔어." 헤르미온느가 '모스테 포텐트 마법의 약' 책의 얼룩진 페이지를 초조하게 다시 훑어보며 말했다. "모양이 꼭 책에서 설명한 대로야… 그걸 마신 뒤 정확히 한 시간 뒤, 우린 원래 모습으로 다시 변할 거야."

"이제 무얼 하지?" 론이 작은 소리로 물었다.

"이걸 석 잔으로 나눈 뒤 머리카락을 넣는 거야."

헤르미온느가 그 약을 국자로 푹 떠서 각 유리컵에 담았다. 그리곤, 그녀가 떨리는 손으로 밀리센트 벌스트로드의 머리카락을 병에서 흔들어 빼내어 첫 번째 유리컵에 넣었다.

그러자 그 마법의 약이 끓어오르는 주전자처럼 큰소리로 쉬쉬거리며 거품이 일었다. 그리고 잠시 뒤, 메스꺼운 노란색으로 변했다.

"에구. 밀리센트 벌스트로드 그 애랑 똑같은 색깔이네." 론이 그것을 보고 질색하며 말했다. "맛도 틀림없이 메스꺼울 거야."

"너희들도 넣어." 헤르미온느가 말했다.

해리는 고일의 머리카락을 가운데 유리컵에 떨어뜨렸고, 론도 크레이브의 것을 마지막 컵에 넣었다. 두 유리컵 모두 쉬쉬

대면서 거품이 일었다. 그리고 고일의 머리카락을 넣은 컵은 국방색으로, 크레이브의 머리카락을 넣은 건 거무스름한 갈색으로 변했다.

"잠깐만." 론과 헤르미온느가 컵을 집으려고 손을 뻗자 해리가 말했다. "다같이 이 안에서 마시면 안 될 것 같아… 우리가 크레이브와 고일로 변하면 이곳이 너무 비좁을 거야. 그리고 밀리센트 벌스트로드의 몸집도 그리 작지는 않잖아."

"좋은 생각이야." 론이 문의 자물쇠를 열며 말했다. "각자 다른 화장실로 들어가자."

폴리주스 마법의 약을 흘리지 않도록 조심하면서, 해리는 가운데 화장실 안으로 살짝 들어갔다.

"준비됐니?" 그가 소리쳤다.

"준비됐어." 론과 헤르미온느의 목소리가 들렸다.

"하나… 둘… 셋…."

코를 꼭 잡고, 해리는 그 약을 두 모금에 죽 마셨다. 푹 삶은 양배추 맛이 났다.

약을 마시자마자, 마치 살아있는 뱀을 삼키기라도 한 듯 속이 뒤틀리기 시작했다. 그는 허리를 구부린 채로, 혹시 잘못되는 건 아닐까 생각했다. 그때 위장에서부터 손끝 발끝까지 타는 듯한 강렬한 느낌이 빠르게 퍼져나갔다. 그리고 온몸이 녹아 내리는 것 같은 소름끼치는 느낌이 들면서 몸 여기저기의 살갗에 뜨거운 밀랍처럼 거품이 일었다. 손가락은 굵어지고, 손톱은 넓어졌으며, 손마디가 나사못처럼 부풀어오르며 양손이 커지기 시작했다. 양어깨는 아프게 잡아늘여졌으며 이마가 따끔거리는 것으로 보아 머리카락이 눈썹 쪽으로 슬금슬금 내려오고 있다는 걸 알 수 있었다. 술통이 터져 버리는 것처럼 가슴이 팽창하더니 망토가 찢겨졌다. 부풀어오른 발이 사이즈가 작은 신발 속에서 고통스러워했다….

그리고 시작했을 때처럼 갑자기, 모든 게 멈췄다. 해리는 맨 끝 화장실에서 시무룩하게 꿀꿀거리는 머틀의 소리를 들으며, 돌처럼 차가운 마룻바닥에 얼굴을 대고 누워 있었다. 그는 발을 흔들어 간신히 신발을 벗어버리고 일어섰다. 고일로 변한 걸 느낄 수 있었다. 그는 커다란 손을 떨며, 발목 위로 30센티나 기어올라가 있는 망토를 벗은 뒤, 헤르미온느가 훔쳐온 망토를 입고, 보트처럼 큰 고일의 구두끈을 졸라맸다. 눈을 덮고 있는 머리카락을 쓸어 올리려고 손을 올리자 이마 밑으로 늘어진 억센 머리카락이 느껴졌다. 그리고 고일은 안경을 끼지 않기 때문인지 모든 것이 흐리멍텅하게 보였다. 그는 안경을 벗고 소리쳤다. "너희 둘 다 괜찮니?" 그의 입에서 귀에 거슬리는 고일의 낮은 목소리가 나왔다.

"응." 오른쪽 화장실에서 툴툴거리는 듯한 크레이브의 굵고 낮은 소리가 들렸다.

해리는 문을 열고 금이 간 거울 앞으로 걸어나갔다. 고일이 멍청하고 옴폭 들어간 눈으로 그를 바라보고 있었다. 해리가 귀를 긁자 거울 속의 고일도 그렇게 했다.

론의 문이 열렸다. 그들은 서로 빤히 바라보았다. 낯빛이 창백하고 충격받은 것처럼 보인다는 것 말고는, 론은 푸딩 그릇 같은 헤어스타일에서부터 고릴라 같은 긴 팔까지 어김없이 크레이브였다.

"이거 정말 믿을 수가 없어." 론이 거울 앞으로 다가가 크레이브의 납작한 코를 찌르며 말했다. *"믿을 수가 없어."*

"서두르는 게 좋겠어." 해리가 고일의 굵은 손목을 조이고 있는 손목시계를 느슨하게 하며 말했다. "그런데 슬리데린의 학생 휴게실은 어디에 있지? 누군가 쫓아갈 사람이 있으면 좋을 텐데…."

론이 해리를 뚫어지게 보고 있다가 말했다. "고일이 *생각하는* 모습을 보니까 굉장히 이상해." 그가 헤르미온느의 문을 세게 두드렸다. "빨리 나와, 가게…."

높은 음조의 카랑카랑한 목소리가 그에게 대답했다.

"난— 난 가지 않는 게 좋을 것 같아. 난 놔두고 그냥 가."

"헤르미온느, 밀리센트 벌스트로드가 못생긴 거 다 알아, 그게 너라는 건 아무도 알지 못할 거야—"

"아냐— 정말이지— 난 가지 않는 게 좋을 것 같아. 너희 둘 빨리 서둘러, 시간 허비하지 말고—"

해리가 어리둥절한 표정으로 론을 바라보았다.

"그래, 그렇게 하니까 훨씬 더 고일답다." 론이 말했다. "선생님이 질문할 때마다 녀석은 항상 그런 표정을 짓잖아."

"헤르미온느, 괜찮니?" 해리가 문틈으로 말했다.

"괜찮아— 난 괜찮아… 어서 가—"

해리는 손목시계를 들여다보았다. 귀중한 60분 중 5분이 벌써 지나가 버렸다.

"그럼 여기서 다시 보자, 알았지?" 그가 말했다.

해리와 론은 화장실 문을 조심스럽게 열고 주위에 아무도 없는지 살핀 뒤 출발했다.

"팔 좀 휘두르지 마." 해리가 론에게 비밀히 말했다.

"뭐라구?"

"크레이브는 팔을 꼭 붙이고 있잖아…"

"이건 어때?"

"그래, 훨씬 낫다…"

그들은 대리석 계단을 내려갔다. 이제 슬리데린의 학생 휴게실까지 쫓아갈 슬리데린 학생 하나만 찾으면 되었다. 하지만 주위엔 아무도 없었다.

"좋은 생각 없니?" 해리가 작은 소리로 물었다.

"슬리데린 아이들은 항상 저쪽에서 아침 먹으러 오던데." 론이 지하 감옥 입구를 보고 고개를 끄덕이며 말했다. 그 말이 떨어지기가 무섭게, 그 입구에서 고수머리를 길게 늘어뜨린 여자아이 하나가 나타났다.

"미안하지만," 론이 허둥지둥 그 애에게 다가가 말했다. "우리 학생 휴게실로 가는 길을 잊어먹었거든."

"뭐라구?" 그 여자아이가 딱딱하게 말했다. "우리 학생 휴게실이라니? 난 래번클로 학생이야."

그 애가 수상쩍다는 듯이 그들을 돌아보며 걸어갔다.

   해리와 론은 급히 돌계단을 내려가 어둠 속으로 들어갔다.
크레이브와 고일의 커다란 발이 마룻바닥에 닿을 때마다 발자
국 소리가 굉장히 크게 울려 퍼졌다. 왠지 이 일이 예상만큼
쉽지 않을 것 같은 기분이 들었다.

   복도는 미로처럼 복잡했지만 사람은 하나도 없었다. 그들은
초조하게 손목시계를 들여다보며 학교 밑으로 점점 더 깊이
걸어 들어갔다. 15분쯤 뒤, 거의 자포자기하다시피 했을 때, 앞
에서 별안간 뭔가 움직이는 소리가 났다.

   "하!" 론이 흥분해서 말했다. "이제야 찾았군!"

   옆방에서 누군가가 나오고 있었다. 그러나 서둘러 가까이 갔
을 때, 가슴이 철렁 내려앉았다. 그건 슬리데린 학생이 아니라,
퍼시였다.

   "너, 여기서 뭐하니?" 론이 놀라서 말했다.

   퍼시는 기분이 좋지 않은 것 같았다.

   그가 딱딱하게 말했다. "네가 알 바 아냐. 너 크레이브 맞
지?"

   "뭐? 어, 응." 론이 말했다.

   "빨리 기숙사로 들어가." 퍼시가 엄하게 말했다. "요즘 같을
땐 어두운 복도를 돌아다니는 게 위험하니까 말야."

   "너도." 론이 되받아쳤다.

   "난," 퍼시가 몸을 바로하며 말했다. "반장이야. 아무 것도 감
히 날 습격할 생각은 하지 못할 거야."

   해리와 론 뒤에서 갑자기 어떤 목소리가 울렸다. 드레이코

말포이가 그들에게로 어슬렁어슬렁 다가왔다. 해리는 난생 처음으로, 그를 만난 게 너무나 기뻤다.

"너희들이구나." 그가 그들을 바라보면서 점잔빼며 말했다. "여태 연회장에서 먹고 있었던 거니? 괜히 이리저리 찾아다녔잖아. 정말로 이상한 걸 보여주려고 했단 말야."

말포이가 날카로운 눈초리로 퍼시를 흘끗 바라보았다.

"그런데 넌 여기서 뭐하고 있는 거니, 위즐리?" 그가 비웃으며 말했다.

퍼시가 격분한 것 같았다.

"학교 반장에게 좀더 공손하게 굴도록 해!" 그가 말했다. "그런 식으로 했다간 언젠가 혼날 줄 알아."

말포이가 코웃음을 치며 해리와 론에게 따라오라는 시늉을 했다. 해리는 퍼시에게 사과의 말을 하려다가 갑자기 멈추고 허둥지둥 말포이를 쫓아갔다. 다음 통로로 돌아갔을 때 말포이가 말했다. "저 피터 위즐리를 그냥—"

"퍼시야." 론이 무심코 그의 말을 바로잡아 주었다.

"아무려면 어때." 말포이는 대수롭지 않다는 듯 대답했다. "난 그가 최근 들어 살금살금 돌아다니는 걸 여러 번 봤어. 뭘 하고 다니는지는 다 알아. 자기가 슬리데린의 후계자를 한 손으로 잡을 거라고 생각하고 있는 게 뻔해."

그가 조롱 섞인 짧은 웃음을 지었다. 해리와 론은 흥분한 표정을 주고받았다.

말포이는 아무 장식 없이 쭉 뻗은 습기 찬 돌담 옆에 멈춰

섰다.

"새 암호가 뭐지?" 그가 해리에게 말했다.

"어—" 해리가 말했다.

"아, 그래— 순수 혈통이지!" 말포이가 그의 말을 듣지도 않고 말하자, 벽 속에 감춰져 있던 돌문이 스르르 열렸다. 해리와 론은 말포이를 따라 안으로 걸어 들어갔다.

슬리데린의 학생 휴게실은 거친 돌 벽으로 둘러싸인, 천장이 낮은 길다란 지하 방이었는데 천장에는 초록빛 나는 둥근 전등이 사슬에 매달려 있었다. 정교하게 조각된 벽난로의 선반 밑에서는 불이 딱딱 소리를 내며 타고 있었고, 그 주위에는 등이 높은 의자에 앉아있는 슬리데린 몇 명의 검은 윤곽이 보였다.

"여기서 기다려." 말포이가 난로 뒤에 있는 빈 의자 두어 개를 몸짓으로 가리키며 해리와 론에게 말했다. "난 가서 그걸 가져올게. 우리 아버지가 조금 전에 내게 보내준 거야—"

말포이가 무엇을 보여줄 건지 궁금해하면서, 해리와 론은 최대한 편해 보이는 척하며 앉아 있었다.

잠시 뒤 말포이가 가위로 오려낸 신문 조각처럼 보이는 것을 들고 돌아왔다. 그는 그것을 론의 코밑으로 밀었다.

"읽으면 재미있을 거야." 그가 말했다.

해리는 론의 눈이 놀라움으로 커지는 것을 보았다. 그는 그 오려낸 신문을 얼른 읽고 억지 웃음을 지으며, 해리에게 건네주었다.

그건 '예언자 일보'에서 오려낸 기사 조각이었다.

마법부에서의 조사

머글 문화유물 오용 관리과의 과장인 아서 위즐리는 오늘 머글 차에 마법을 건 죄로 50갈레온의 벌금에 처해졌다. 금년 초에 마법에 걸린 차가 호그와트 마법 학교에 추락하자 이 학교의 이사장 루시우스 말포이 씨는 오늘 위즐리 씨의 사임을 요구했다.

"위즐리는 마법부의 명예를 실추시켰습니다."

말포이 씨는 리포터에게 이렇게 말했다.

"그는 우리의 법을 제정하는 일에는 확실히 부적합하며 그의 우스꽝스러운 머글 보호 법령은 즉시 폐기되어야 합니다."

위즐리 씨는 여기에 대해 어떤 논평도 거부했고, 그의 아내는 리포터들에게 당장 나가라며, 그렇지 않으면 그 가족의 굴 귀신에게 그들을 습격하게 할 거라고 협박했다.

"어때?" 해리가 그 오려낸 신문을 그에게 다시 돌려주자 말포이가 조바심 내며 말했다. "우습지 않니?"

"하, 하," 해리가 찬바람 나게 말했다.

"아서 위즐리는 머글들을 너무 좋아해서 탈이야. 그는 차라리 요술지팡이를 뚝 부러뜨리고 그들에게로 가서 사는 게 나을 거야." 말포이가 경멸하는 투로 말했다. "위즐리 가족은 전혀 순수 혈통처럼 행동하지 않는단 말야."

론의—아니, 크레이브의—얼굴이 화가 나서 일그러졌다.

"왜 그래, 크레이브?" 말포이가 날카롭게 말했다.

"배가 아파서." 론이 툴툴거렸다.

"그럼, 병동으로 올라가서 나 대신 저 모든 잡종들을 발길로 한 번씩 걷어차 줘." 말포이가 낄낄거리며 말했다. "이 모든 습격 사건들이 '예언자 일보'에 아직 실리지 않았다는 게 정말 놀라워." 그가 생각에 잠겨 계속했다. "내 생각엔 덤블도어가 그 모든 걸 쉬쉬하려고 하고 있는 것 같아. 하지만 이런 사건들이 계속된다면 그는 파면당하고 말 거야. 우리 아버지는 언제나 늙은이 덤블도어가 이곳에서 가장 골칫거리라고 하셨어. 그가 머글 태생들을 좋아하기 때문이지. 훌륭한 교장 선생님이라면 크리비 같은 인간 쓰레기를 들어오게 하지 않았을 거야."

말포이는 상상의 카메라로 사진을 찍기 시작하며 콜린 흉내를 냈는데, 지독하게 똑같아 보였다. "네 사진 찍어도 되니, 포터? 사인 좀 해줄 수 있니? 네 신발 좀 핥아도 되니, 제발, 포터?"

그가 손을 내리고 해리와 론을 바라보았다.

"너희 둘 왜 그러니?"

아주 늦게서야, 해리와 론이 억지 웃음을 지어 보였지만, 말포이는 흡족해하는 것 같았다. 어쩌면 크레이브와 고일은 아둔해서 늘 한 발짝 늦게 이해하는지도 몰랐다.

"성인(聖人) 포터, 잡종의 친구," 말포이가 천천히 말했다. "그 녀석도 마법사로서 적절하지 못한 감정을 갖고 있어, 그렇지 않다면 저 잘난 체하는 잡종, 그레인저와 붙어 다니지는 않을 거야. 그런데도 사람들은 그 녀석이 슬리데린의 후계자라고 생각하다니!"

해리와 론은 숨을 죽이고 기다렸다. 말포이는 확실히 조금만 있으면 그게 자신이라고 말할 것이다— 그러나 그 때—

"그런데 도대체 그가 누굴까?" 말포이가 성을 내며 말했다. "알기만 하면 도와줄 수도 있을 텐데."

론의 입이 딱 벌어졌다. 그러자 크레이브가 평소보다 훨씬 더 우둔해 보였다. 다행히 말포이는 눈치채지 못했고, 해리는 얼른 머리를 굴려 말했다. "넌 그래도 그 뒤에 누가 있는지 조금은 알고 있을 거야…"

"그렇지 않다는 걸 너도 알잖아, 고일, 몇 번을 말해야 되겠니?" 말포이가 날카롭게 말했다. "그리고 우리 아버지는 지난번에 비밀의 방이 열렸던 것에 대해서도 아무 말도 해주려고 하시지 않아. 물론, 그건 50년 전이었으니까, 아버지가 학교 다니던 시절보다도 훨씬 이전에 일어난 일이긴 하지만, 아버진 다 알고 계셔. 그런데 아버진 그걸 비밀로 해두어야 한다는 거야. 그것에 대해 너무 많이 알면 수상쩍어 보일 거라면서 말야. 하지만 난 한 가진 알아— 지난번에 비밀의 방이 열렸을 때, 잡종이 죽었다는 거야. 그러니까 이번에도 그들 중 하나가 정말로 죽는 건 시간 문제야… 난 그게 그레인저였으면 좋겠어." 그가 재미있다는 듯 말했다.

론은 크레이브의 커다란 주먹을 움켜쥐고 있었다. 론이 말포이를 주먹으로 한방 갈기기라도 한다면 탄로가 나고 말 게 분명했으므로, 해리는 조마조마한 마음으로 그에게 경고의 눈길을 던지며 말했다. "지난번에 그 방을 연 사람은 잡혔니?"

"응… 그 사람은 쫓겨났어." 말포이가 말했다. "어쩌면 아직도 아즈카반에 있을지도 몰라."

"아즈카반?" 해리가 당황해서 물었다.

"아즈카반— 마법사의 감옥 말야, 너 그것도 모르니, 고일?" 말포이가 믿을 수 없다는 듯 그를 바라보았다. "솔직히, 넌 머리가 너무 안 돌아가, 구제 불능이야."

그가 가만히 있지 못하고 의자에서 끊임없이 움직이며 말했다. "아버지는 내게 자중하고 있으라고 하셔. 슬리데린의 후계자가 그걸 잘해내도록 말야. 학교가 그 모든 잡종의 때를 없애는 게 필요하긴 하지만, 그 일을 한 것으로 오인받을 짓은 하지 말라는 말씀이시지. 물론, 아버진 당장에는 해야 할 일이 엄청나게 많으셔. 마법부가 지난주에 우리 영지를 불시 단속했다는 거 아니?"

해리는 고일의 멍청한 얼굴을 억지로 흥미 있어 하는 표정으로 만드느라 애썼다.

"그래…." 말포이가 말했다. "다행히, 그들은 많이 찾아내지는 못했어. 아버진 굉장히 귀중한 어둠의 마법 재료를 갖고 계시거든. 하지만 운 좋게도, 우리 집 응접실 마루 밑에 있는 밀실은 아무도 찾아내지 못했어—"

"와!" 론이 말했다.

말포이가 그를 바라보았다. 해리도 그랬다. 론은 얼굴이 빨개졌다. 그의 머리카락조차 빨갛게 변하고 있었다. 그리고 코도 서서히 길어지고 있었다— 시간이 가까워오자, 론이 다시 본래 모습으로 바뀌고 있었고, 그가 갑자기 놀란 표정으로 해리를 바라본 것으로 보아, 그 역시 변하고 있는 게 분명했다.

그들은 둘 다 벌떡 일어섰다.

"배아픈 데 먹는 약을 좀 찾아봐야겠어." 론이 툴툴거리며 말했다. 그리고 그들은 말포이가 눈치채지 못했길 바라며, 쏜살같이 슬리데린의 학생 휴게실을 뛰쳐나와 돌 벽으로 가서는, 그 복도를 단숨에 빠져 나왔다. 몸이 오그라들자 해리는 발이 고일의 커다란 신발에서 이리저리 미끄러지는 걸 느낄 수 있었고 긴 망토가 발에 밟혔으므로 자꾸 끄집어 올려야 했다. 그들은 요란한 소리를 내며 계단을 올라가 어두운 현관 안의 홀로 들어갔다. 홀 안 가득 벽장 속에 갇힌 크레이브와 고일이 문을 두드려대는 소리가 울려 퍼지고 있었다. 그들은 크레이브와 고일의 신발을 벽장 문 밖에 놔둔 채, 양말을 신은 채로 대리석 계단을 올라가 모우닝 머틀의 화장실로 향했다.

"완전히 시간 낭비한 건 아니었어." 론이 화장실로 들어간 뒤 문을 닫으면서 헐떡이며 말했다. "학생들을 습격하고 있는 게 누군지는 아직 알아내지 못했지만, 난 내일 아버지께 편지를 써서 말포이네 집 응접실 밑을 조사해보라고 말씀드릴 거야."

해리가 금이 간 거울에 비춰진 자신의 얼굴을 살폈다. 그는 다시 정상으로 돌아왔다. 그가 안경을 다시 낄 때 론이 헤르미온느의 화장실 문을 탕탕 쳤다.

"헤르미온느, 이제 나와, 네게 말할 게 아주 많아—"

"저리 가!" 헤르미온느가 우는 목소리로 말했다.

해리와 론은 서로 얼굴을 바라보았다.

"왜 그래?" 론이 말했다. "너도 지금쯤은 정상으로 돌아왔을 텐데, 우린…"

그때 그 화장실 문에서 모우닝 머틀이 미끄러지듯 나왔다. 해리는 그 애가 그렇게 행복한 표정을 짓고 있는 건 처음 보았다.

"우으으으, 조금 있다 봐." 그 애가 말했다. "정말 *끔찍해*—"

그리고는 자물쇠를 미는 소리가 들리더니 헤르미온느가 망토를 머리 위로 끄집어 올린 채로, 훌쩍이면서 나왔다.

"무슨 일이야?" 론이 무슨 일인지 모르겠다는 듯 말했다. "아직도 밀리센트의 코나 뭐 그런 걸 갖고 있는 거니?"

헤르미온느가 망토를 내리자 론이 뒷걸음질을 쳤다.

그녀의 얼굴이 까만 털로 뒤덮여 있었다. 눈은 노랗게 변했고 머리카락 사이로는 길고 뾰족한 귀가 삐죽이 나와 있었다.

"그건 고-고양이의 털이었어!" 그녀가 울며 말했다. "미-밀리센트 벌스트로드가 고양이를 가-갖고 있는 줄은 몰랐지 뭐야! 그리고 그 야-약은 동물 둔갑에는 사용하지 않도록 되어있어!"

"으으." 론이 말했다.

"너도 굉장히 놀림받겠다." 머틀이 유쾌히 말했다.

"괜찮아, 헤르미온느. " 해리가 얼른 말했다. "우리가 병동으로 데려다 줄게. 폼프리 부인은 절대 많이 물어보지 않아…"

헤르미온느를 설득해 화장실에서 나오기까지는 한참이 걸렸다. 그들의 뒤에 대고 모우닝 머틀이 큰소리로 웃어대며 소리쳤다. "너한테 꼬리가 달렸다는 걸 모두 알게 되면 정말 재밌겠다. 하하."

제 *13* 장

비밀 일기

헤르미온느는 병동에 몇 주일을 머물렀다. 학생들이 크리스마스 휴일을 보내고 다시 돌아오자, 그녀가 습격을 받아서 병동에 입원한 것이라는 엉뚱한 소문이 순식간에 퍼져버렸다. 많은 학생들이 그 애를 한번 보려고 병동 앞을 지나다녔으므로 폼프리 부인은 헤르미온느가 털 난 얼굴이 보여져서 창피당하는 일이 없도록, 침대에 커튼을 높이 달아주었다.

해리와 론은 매일 저녁 그녀를 찾아갔다. 그녀에게 매일 매일의 숙제를 알려주기 위해서였다.

"만약 내 얼굴에 털이 자라났다면, 난 공부하지 않고 쉬었을 거야." 어느 날 저녁 론이 헤르미온느의 머리맡 탁자 위에 책들을 쏟아내며 말했다.

"바보 같은 소리 마, 론, 그때 그때 해놓지 않으면 나중엔 따라갈 수가 없어." 헤르미온느가 활발하게 말했다. 이제 얼굴에 난 털이 모두 사라지고 눈이 서서히 갈색으로 돌아가고 있었으므로 그녀는 기분이 굉장히 좋아졌다. "그런데 무슨 새로운 실마리라도 잡았니?" 그녀가 폼프리 부인이 들을 수 없도록 작은 소리로 말했다.

"전혀." 해리가 침울하게 말했다.

"분명히 말포이 짓일 거라고 생각했는데." 론이 100번도 더 했던 말을 또 했다.

"저건 뭐니?" 해리가 헤르미온느의 베개에서 쑥 삐어져 나온 황금빛 나는 것을 가리키며 물었다.

"그저 빨리 회복되라는 카드야." 헤르미온느가 허둥지둥 말하며, 그것을 보이지 않게 쑤셔 넣으려고 했지만, 론을 당해내지는 못했다. 그는 그것을 잡아 빼서 펼치더니, 큰소리로 읽었다.

"그레인저 양에게, 쾌유를 빕니다. 멀린 서열, 3급, 어둠의 힘 방어법 연맹 명예 회원이자, 마녀 주간지의 가장 매력적인 미소상을 다섯 차례 수상한, 당신의 선생, 질데로이 록허트 교수로부터."

론이 메스꺼운 표정으로 헤르미온느를 올려다보았다.

"너 이걸 베개 밑에 놓고 자니?"

하지만 때마침 폼프리 부인이 헤르미온느가 먹을 약을 들고 들어오는 바람에 그녀는 굳이 대답하지 않아도 되었다.

"록허트 교수가 그렇게 멋지니?" 그들이 병동을 나와 그리핀도르 탑 쪽으로 가는 계단에 올라섰을 때 론이 해리에게 물었다. 스네이프 교수는 그들에게 어찌나 많은 숙제를 내주었던지, 해리는 2학년을 마치기도 전에 6학년이 된 것 같은 기분이 들었다. 론이 헤르미온느에게 '머리카락을 곤두서게 하는 마법의 약'에는 쥐꼬리를 몇 개 넣어야 하는지 물어볼 걸 하고 후회하고 있을 때 위층에서 성난 목소리가 들렸다.

"필치야." 급히 계단을 올라가 보이지 않는 곳에 멈춰 서서, 귀를 기울이던 해리가 비밀스럽게 말했다.

"누가 또 당한 게 아닐까?" 론이 긴장해서 말했다.

그들은 이성을 잃은 것 같은 필치의 목소리 쪽으로 귀를 대고 조용히 서 있었다.

"…할 일이 훨씬 더 많아졌어! 이 일 아니어도 할 일이 산더미 같은데 밤새도록 걸레질이라니! 안되지, 더 이상은 참을 수 없어, 덤블도어 교수에게 가야겠어—"

그리고 그의 발자국 소리가 점점 더 작아지더니 복도 끝에서 문이 쾅 닫히는 소리가 들렸다.

그들은 고개를 모퉁이 쪽으로 내밀었다. 필치는 평상시처럼 망을 보고 있었던 게 분명했다. 그들이 서 있는 곳은 노리스 부인이 습격 받았던 바로 그곳이었던 것이다. 그들은 필치가 소리치고 있었던 곳을 흘긋 보았다. 복도 반까지 물이 흥건히 차 있었는데, 모우닝 머틀의 화장실 문틈에서 여전히 스며 나오고 있는 것 같았다. 필치가 소리치는 걸 멈추자, 화장실 벽에서 머틀의 울부짖는 소리가 울려 퍼지는 걸 들을 수 있었다.

"저 애가 또 왜 저러지?" 론이 말했다.

"가서 보자." 그들은 망토를 발목 위로 끌어올리고 물이 흥건한 곳을 지나 고장 표지판이 붙어있는 화장실 안으로 들어갔다.

모우닝 머틀이 그 어느 때보다도 큰소리로 엉엉 울고 있었다. 그녀는 여느 때처럼 자기 화장실 안에 숨어있는 것 같았다. 벽과 바닥이 푹 잠길 정도로 물이 넘치면서 촛불마저 다 꺼져버렸으므로 화장실 안은 아주 어두웠다.

"왜 그러니, 머틀?" 해리가 물었다.

"거기 누구니?" 머틀이 불쌍하게 훌쩍거리며 말했다. "이번엔 또 뭘 던지러 온 거야?"

해리가 간신히 그녀의 화장실 쪽으로 걸어가 말했다. "내가 너에게 뭘 던진다고 그러니?"

"묻지 마." 머틀이 이미 축축이 젖은 바닥 위로 더 많은 물을 튀기면서 나타나 소리쳤다. "난 아무 짓도 안 했는데, 왜 내게 책을 던지는 거야…"

"하지만 넌 책에 맞는다 해도 다치진 않잖아." 해리가 사리에 맞게 말했다. "내 말은 책이 그냥 널 통과해 지나가니까 말야, 안 그래?"

그 말을 했던 게 큰 실수였다. 머틀이 몸을 부풀어오르게 하더니 날카로운 목소리로 말했다. "우리 모두 머틀에게 책을 던지자, 그 앤 아무 것도 느끼지 못하니까! 배 쪽으로 지나가게 하면 10점이고, 머리로 지나가게 하면 50점이야! 하, 하, 하! 굉장히 재미있겠다구, 난 그렇게 생각지 않아!"

"그런데 도대체 누가 책을 네게 던졌다는 거니?" 해리가 물었다.

"몰라… 난 그저 변기 파이프 속에 앉아서, 죽음에 대해 생각하고 있었어, 그런데 그게 바로 내 머리 위로 떨어졌어." 머틀이 그들을 노려보며 말했다. "저쪽에 있었는데, 물에 쓸려 내려갔어…"

해리와 론은 머틀이 가리키고 있는 세면대 밑을 바라보았다. 그곳에 자그마한 얇은 책 한 권이 놓여 있었다. 너덜너덜한 검정색 표지를 갖고 있었는데 다른 것들과 마찬가지로 푹 젖어 있었다. 해리가 그것을 집으려고 한 발짝 내딛었을 때, 론이 그의 등짝을 덥석 잡았다.

"왜 그래?" 해리가 말했다.

"너 미쳤니?" 론이 말했다. "위험할 수도 있잖아."

"*위험하다구?*" 해리가 웃으며 말했다. "쓸데없는 소리 마, 그게 어떻게 위험할 수 있니?"

"넌 몰라." 론이 걱정스런 표정으로 그 책을 보며 말했다. "아빠가 말씀해 주셨는데, 마법부가 압수한 어떤 책들은 눈을 새까맣게 타버리게 하기도 했대. 그리고 '어떤 마법사의 시' 라는 책을 읽은 사람은 모두 죽을 때까지 리머릭이라는 이상한 시구를 읊어댔어. 또 바스(영국 남서부에 있는 서머싯 주의 온천도시: 옮긴이)에 사는 어떤 늙은 마녀는 한번 읽기 시작하면 절대로 멈출 수 없는 책을 갖고 있었어! 그렇게 되면 책에 코를 박은 채로 모든 걸 한 손으로만 하면서 살아야 해. 그리고—"

"그래, 무슨 얘긴지 알겠어." 해리가 말했다.

정체를 알 수 없는 그 작은 책은 바닥에 푹 젖은 채로 놓여 있었다.

"하지만 한번 살펴봐야 그런지 안 그런지 알 수 있을 것 아냐." 그는 그렇게 말하고는 론을 살짝 피해, 바닥에서 그 책을 집어들었다.

해리는 그게 일기장이라는 걸 단번에 알았고, 표지에 적힌 희미한 연도는 그게 50년 된 것이라는 걸 말해주었다. 그는 몹시 궁금한 마음으로 일기장을 펼쳤다. 첫 페이지에 잉크로 쓰여진 'T. M. 리들'이라는 이름이 희미하게 남아 있었다.

"잠깐." 조심스럽게 다가와 해리의 어깨 너머로 살펴보고 있던 론이 말했다. "그 이름 알아… T. M. 리들은 50년 전에 학교에서 특별 공로상을 받았었어."

"넌 도대체 그걸 어떻게 알았니?" 해리가 놀라서 물었다.

"필치가 내게 벌로 그의 방패꼴 트로피를 50번이나 닦게 했으니까 알지." 론이 화를 내며 말했다. "내가 민달팽이들을 다 토했던 트로피가 바로 그거였거든. 그 이름에서 민달팽이의 끈적끈적한 점액을 한 시간 동안이나 닦아냈는데, 그걸 기억하지 못한다는 건 말도 안되지."

해리는 젖은 페이지들을 떼어냈다. 일기장에는 아무 것도 쓰여있지 않았다. 어떤 페이지에도 쓴 흔적이 전혀 없었다. 심지어 메이블 이모의 생일이나, 치과 의사, 3시 30분 같은 간단한 메모도 하나 없었다.

"그는 이 일기장에 아무 것도 쓰지 않았어." 해리가 실망해서 말했다.

"그런데 왜 누가 그걸 변기 속에다 넣어 쓸려 보내려 했던 걸까?" 론이 이상하다는 듯이 말했다.

일기장 뒤 표지에는 런던 복스홀 가에 있는 잡화점 이름이 인쇄되어 있었다.

"그는 머글 태생이 분명해." 해리가 생각에 잠겨 말했다. "복스홀 가에서 이 일기장을 샀다면 말야…"

"그럼, 네겐 이런 건 별로 필요 없겠네." 론이 갑자기 목소리를 낮췄다. "머틀의 코에 맞히기 50점 내기 할래?"

그러나 해리는 그걸 호주머니에 쑥 밀어넣었다.

2월 초가 되자 헤르미온느는 수염도 없어지고, 꼬리도 없어지고, 털도 모두 없어져서 병동에서 나오게 되었다. 그리핀도르 탑으로 돌아온 첫날 저녁에, 해리는 그녀에게 T. M. 리들의 일기장을 보여주었다.

"흠, 이 일기장엔 신비한 힘들이 있는지도 몰라." 헤르미온느가 그 일기장을 가져가 자세히 살펴보며 신이 나서 말했다.

"만일 그렇다면, 그 힘들은 꽁꽁 숨겨져 있을 거야." 론이 말했다. "부끄럼을 타는지도 모르지. 그런데 넌 왜 그런 걸 계속

보관하고 있는 거니, 해리?"

"그저 누가 왜 그걸 내버리려고 했는지 알고 싶은 것뿐이야." 해리가 말했다. "리들이 어떻게 해서 호그와트에서 특별 공로상을 받게 되었는지도 알고 싶고 말야."

"여러 가지가 있을 수 있잖아." 론이 말했다. "O. W. L을 서른 개쯤 받았을지도 모르고 거대한 오징어로부터 어떤 선생님을 구했을지도 몰라. 어쩌면 머틀을 죽였을지도 모르지. 그건 모든 사람들을 위해 특별히 힘써준 것일 테니까 말야…"

하지만 해리는 헤르미온느의 얼굴에 나타난 표정으로부터 그녀가 자신과 똑같은 생각을 하고 있다는 걸 알 수 있었다.

"뭐야?" 론이 해리와 헤르미온느를 차례로 바라보며 말했다.

"어, 비밀의 방이 50년 전에 열렸다고 했지?" 그가 말했다. "말포이가 그렇게 말했잖아."

"그래…" 론이 천천히 말했다.

"그리고 이 일기장은 50년 됐구." 헤르미온느가 흥분해서 일기장을 톡톡 치며 말했다.

"그래서?"

"오, 론, 정신 차려." 헤르미온느가 날카롭게 말했다. "지난번에 그 방을 연 사람은 *50년 전에* 쫓겨났잖아. 또 T. M. 리들은 *50년 전에* 학교에서 특별 공로상을 받았구 말야. 그러면, 만일 리들이 슬리데린의 후계자를 잡은 공로로 특별 공로상을 받았다면 어떻게 될까? 그의 일기장은 어쩌면 우리에게 모든 걸 말해줄지도 몰라— 그 방이 어디에 있으며, 그걸 여는 방법이며, 그 안에 어떤 종류의 괴물이 살고 있는지 모두 말야— 그렇다면 이번에 일어난 습격들 배후에 있는 사람은 이 일기장이 존재하는 걸 바라지 않았을 거야, 안 그래?"

"정말 기막힌 이론이야, 헤르미온느." 론이 말했다. "*딱 하나 아주 작은 흠이 있다는 것 말고는 말야. 그의 일기장에는 아무 것도 쓰여있지 않다는 것 말야.*"

하지만 헤르미온느는 가방에서 요술지팡이를 꺼내고 있었다.

"어쩌면 투명 잉크로 쓴 걸지도 몰라!" 그녀가 작은 소리로 말했다.

그리곤 그녀가 일기장을 톡톡 세 번 두드리며 "*아파레시움!*"이라고 말했다.

아무 일도 일어나지 않았다. 하지만 헤르미온느는 전혀 동요 없이 다시 가방 속으로 손을 넣어 지우개처럼 생긴 연한 빨간 색 물건을 꺼냈다.

"이건 '비밀 폭로제'야, 다이애건 앨리에서 샀어." 그녀가 말했다.

그러더니 그녀가 1월 1일을 세게 문질렀다. 그러나 아무 일도 일어나지 않았다.

"거봐, 그 안에선 아무 것도 알아낼 수 없어." 론이 말했다. "리들은 그 일기장을 크리스마스 선물로 받았다가 써보지도 못하고 죽었을지도 모르잖아."

해리는 왜 리들의 일기장을 내던져버리지 않는 건지 자신도 알 수 없었다. 사실 그는 그 일기장에 아무 것도 쓰여있지 않다는 걸 알고 있으면서도, 마치 끝까지 읽고 싶은 소설책이라도 되는 듯, 계속 멍하니 페이지를 넘기고 있었다. 그리고 해리는 확실히 T. M. 리들이라는 이름을 한번도 들어본 적이 없었음에도, 그가 마치 반쯤 잊혀진 어린 시절의 친구라도 되는 듯, 어떤 중요한 의미가 있는 것 같은 느낌이 들었다. 하지만 말도 되지 않는 생각이었다. 호그와트에 오기 전에 그에겐 친구가 단 한 명도 없었다. 아니 두들리 때문에 도저히 친구를 사귈 수가 없었다.

어쨌거나 해리는 리들에 대해 더 많은 걸 알아내기로 결심했다. 론은 트로피 보관실은 생각만 해도 치가 떨린다며 다시는 가고 싶지 않다고 고집을 부렸지만, 해리와 헤르미온느에게 이끌려 다음날 쉬는 시간에 리들의 공로상을 살펴보러 갔다.

리들의 반짝반짝 윤이 나는 황금 방패꼴 트로피는 잘 보이지 않는 한쪽 귀퉁이 진열장 속에 세워져 있었다. 그 트로피엔 그러나 그가 왜 그 상을 받게 되었는지에 대해서는 상세히 적혀 있지 않았다("천만 다행이지 뭐야, 만약 그랬다면 트로피가 훨씬 더 컸을 테고, 그러면 난 여전히 그걸 닦고 있을지도 모르잖아." 론이 말했다). 그러나 그들은 마법 실력을 인정해주는 오래된 어떤 메달과 과거에 수석했던 학생들의 목록에서도 리들의 이름을 발견했다.

"리들도 꼭 퍼시 형 같은 사람이었군." 론이 넌더리가 나서 코를 찡그리며 말했다. "완벽하고, 수석 학생이고… 어쩌면 전교 회장이었을지도 모르지—"

"그게 뭐가 나쁘니?" 헤르미온느가 약간 상처받은 목소리로 말했다.

이제 호그와트 성에도 다시 해가 들기 시작하면서 성안의 분위기가 더 밝아졌다. 저스틴과 목이 달랑달랑한 닉이 당한 이후 더 이상의 습격은 없었고 폼프리 부인은 맨드레이크가 침울해지고 뭔가 자꾸 숨기려고 하는 경향을 보이는 것으로 보아 유년기를 지나 사춘기에 접어든 것 같다며 기뻐했다.

"여드름이 다 없어지면, 그것들을 다시 큰 화분에 옮겨 심어도 될 거예요." 해리는 어느 날 저녁 그녀가 필치에게 친절하게 말하는 걸 들었다. "조금만 있으면 그것들을 잘라내어 약한 불에 달여서 의식 회복제를 만들 수 있을 거예요. 그러면 머지않아 노리스 부인도 다시 살아날 겁니다."

습격이 뜸해지자 해리는 슬리데린의 후계자가 겁을 먹었을지도 모른다고 생각했다. 학생들이 그렇게 조심하고 의심하는 상태에서, 비밀의 방을 연다는 건 점점 더 위험해지고 있는 게 틀림없었다. 어쩌면 무엇인지는 몰라도, 그 괴물은 또다시 50년 동안 겨울잠을 자기로 결정한 것인지도 몰랐다.

후플푸프의 어니 맥밀란은 그러나 그런 낙천적인 생각에 찬성하지 않았다. 그는 여전히 해리가 그 짓을 했으며, 그가 결투 클럽에서 "그 정체를 드러냈다"고 확신했다. 거기엔 피브스도 한몫 거들었다. 그는 계속해서 사람들이 많이 몰려있는 복도에 나타나 이제는 춤까지 추며 "오, 포터, 이 천덕꾸러기야…"라고 시작되는 노래를 불러댔다.

질데로이 록허트 교수는 꼭 자기가 습격들을 중단시킨 것처럼 행동했다. 그리핀도르의 학생들이 변신술 수업을 받으려고 모여들고 있을 때 해리는 그가 맥고나걸 교수에게 말하는 소리를 우연히 듣게 되었다.

"이제 더 이상의 문제는 없을 것 같아요, 미네르바." 그가 아는 체하며 코를 가볍게 두드리면서 윙크를 하며 말했다. "비밀의 방이 이번엔 영원히 잠겨있을 것 같아요. 범인은 내게 잡히는 게 시간 문제라는 걸 알게 된 게 틀림없어요. 나한테 잡히기 전에, 일찌감치 그만두는 게 더 낫겠다고 생각했겠죠, 뭐. 이제 학생들의 사기를 높이는 일만 남았어요. 지난 학기의 나쁜 기억을 싹 씻어 내도록 말이오! 지금은 더 이상 말하지 않겠지만, 내 생각엔 그게…"

그는 코를 다시 톡톡 두드리며 성큼성큼 걸어갔다.

학생들의 사기를 높이겠다는 록허트 교수의 생각은 2월 14일 아침 식사 시간에 명백해졌다. 해리는 전날 밤에 늦게까지 계속된 퀴디치 연습 때문에 잠을 많이 자지 못했으므로, 조금 늦게 연회장으로 내려갔는데 안으로 들어서는 순간 잠시 다른 방으로 들어선 게 아닌가 하는 착각이 들었다.

벽마다 온통 타는 듯이 붉은 커다란 꽃들로 뒤덮여 있었다. 더욱이, 하늘빛 천장에서는 하트 모양의 색종이 조각이 떨어지고 있었다. 해리가 그리핀도르 테이블로 걸어가자, 론은 메스꺼워하는 표정으로 앉아 있었고, 헤르미온느는 낄낄거리느라 정신이 없는 것 같았다.

"무슨 일이니?" 해리가 베이컨에서 색종이 조각을 떨어내며 물었다.

론이 너무 메스꺼워서 말을 할 수 없다는 듯이, 손가락으로 선생님들의 테이블을 가리켰다. 장식과 어울리게 불타는 듯한 빨간색의 망토를 입은 록허트 교수가 조용히 하라고 손짓을 하고 있었다. 그의 양쪽에 있는 선생님들은 무표정한 얼굴로 앉아 있었다. 해리는 멀리서도 맥고나걸 교수의 볼 근육이 씰룩이는 걸 볼 수 있었다. 또 스네이프 교수는 꼭 스켈레-그로를 한 컵 마신 것 같은 표정이었다.

"즐거운 발렌타인 데이죠!" 록허트 교수가 소리쳤다. "그리고 지금까지 제게 카드를 보내준 마흔 여섯 분에게 감사드립니다! 그렇습니다, 전 실례를 무릅쓰고 여러분 모두를 위해 작은 선물을 준비했어요— 하지만 이것만이 아니에요!"

록허트 교수가 손뼉을 치자 열두 명의 난쟁이가 들어왔다. 그러나 단순한 난쟁이가 아니었다. 난쟁이들은 하나같이 황금빛 날개를 달고 하프를 들고 있었다.

"제 친구인 사랑의 사자들입니다. 카드를 갖고 있죠!" 록허트 교수가 밝게 미소지었다. "그들은 오늘 학교를 돌아다니며 여러분들에게 발렌타인 선물을 전해줄 것입니다! 그것뿐이 아니에요! 전 다른 선생님들도 이 행사에 기꺼이 동참하시리라

믿어 의심치 않습니다. 학생 여러분, 스네이프 교수에게 '사랑의 묘약'을 만드는 방법을 보여달라고 하는 게 어떨까요? 그리고 말이 나왔으니 말이지만, 사람을 황홀케 하는 마법에 관한 한 플리트윅 교수보다 더 많이 알고 있는 분은 아마 없을 것입니다!"

플리트윅 교수가 양손으로 얼굴을 감쌌다. 스네이프 교수는 누구든 사랑의 묘약을 만들어 달라고 말하는 사람이 있으면 독약으로 죽여 버릴 것 같은 표정을 짓고 있었다.

"말해봐, 헤르미온느, 너도 설마 그 마흔 여섯 명 가운데 하나는 아니겠지." 1교시 수업을 받으러 연회장을 나서며 론이 말했다. 그러자 헤르미온느가 갑자기 가방을 뒤적거리면서 시간표를 찾는 척하며 아무 대답을 하지 않았다.

난쟁이들은 하루 종일 이 교실 저 교실을 찾아다니며 발렌타인 선물을 나누어주었다. 그날 오후 늦게 그리핀도르 아이들이 마법 수업을 받으러 이층으로 올라가고 있을 때, 한 난쟁이가 해리를 뒤쫓아왔다.

"와! 해리 포터다!" 굉장히 험상궂게 생긴 난쟁이 하나가 사람들을 밀어 제치고 해리 쪽으로 다가오며 소리쳤다.

공교롭게도 지니 위즐리까지 있는 1학년생들 앞에서 발렌타인 선물을 받게 되자 해리는 얼굴이 화끈화끈 달아올라 얼른 달아나려고 했다. 그러나 두 발짝도 도망가기 전에 그 난장이가 그에게 다가왔다.

"해리 포터에게 직접 들려줘야 할 노래 선물이 있어요." 그가 하프 줄을 위협적으로 윙 하고 퉁기며 말했다.

"*여기선 안돼.*" 해리가 달아나려고 하며 씩씩거렸다.

"*가만히 있어요!*" 그 난쟁이가 해리의 가방을 끌어당기며 툴툴거렸다.

"이거 놔!" 해리가 세게 잡아끌며 화가 나서 말했다.

그 순간 그의 가방이 북 하고 찢어지면서 책과, 요술지팡이와, 양피지와 깃펜이 마룻바닥으로 쏟아져 나왔고 잉크병이 그 위로 떨어져 산산조각이 났다.

해리는 그 난쟁이가 노래를 시작해 복도에 멍청하게 서 있어야 하는 일이 벌어지지 않도록 얼른 주섬주섬 주워 담았다.

"무슨 일이니?" 드레이코 말포이의 차갑고 느릿느릿한 목소리가 들렸다. 해리는 말포이가 그의 노래 선물을 듣기 전에 그 자리에서 빠져나가려고, 흩어진 것들을 주워 찢어진 가방 속으로 미친 듯이 쑤셔 넣기 시작했다.

"왜들 이렇게 소란이니?" 귀에 익은 또 다른 목소리가 들렸다. 퍼시 위즐리였다.

해리가 당황해서 부리나케 달아나려고 했지만, 난쟁이가 그의 무릎을 잡더니 그를 마룻바닥으로 내동댕이쳤다.

"됐어요." 그가 해리의 발목 위에 앉으며 말했다. "그럼 발렌타인 선물을 시작해 볼까요?"

그의 눈은 금방 절인 두꺼비처럼 초록빛이구요,
그의 머리카락은 칠판처럼 까매요.

내 사람이었으면 좋겠어요, 그는 정말 멋져요,
어둠의 마왕을 물리친 영웅이죠

해리는 그곳에서 사라질 수만 있다면 그린고트에 있는 금을 다 주어도 좋을 것 같았다. 해리가 아무렇지 않은 듯 다른 사람들을 따라 웃으려고 애쓰며, 난쟁이의 무게에 짓눌려 감각이 없어져 버린 발로 간신히 일어서는 동안, 퍼시 위즐리는 재미있어서 울기까지 하는 아이들을 해산시키느라 진땀을 빼야 했다.

"어서들 가, 어서들 가라구, 5분 전에 시작 종이 울렸어, 교실로 가, 어서." 그가 어린 학생들을 밀어내며 말했다. "그리고 너, 말포이—"

해리가, 흘끗 보자, 말포이가 허리를 굽혀 무언가를 얼른 집더니 심술궂은 표정으로 크레이브와 고일에게 그걸 보여주었다. 그건 리들의 일기장이었다.

"이리 내놔." 해리가 조용히 말했다.

"포터가 이 안에 뭘 썼을지 궁금한데?" 말포이가 말했다. 그는 표지에 있는 연도를 보지 못하고 그것이 해리의 일기장이라고 생각한 게 분명했다. 주위에 있던 사람들이 갑자기 잠잠해졌다. 지니는 겁에 질린 표정으로, 일기장과 해리를 번갈아 바라보았다.

"돌려 줘, 말포이." 퍼시가 엄하게 말했다.

"한번 본 다음에." 말포이가 비웃듯이 일기장을 해리에게 흔들었다.

퍼시가 "학교 반장으로서—"라고 말하는 순간 해리가 더 이상 참지 못하고 요술지팡이를 꺼내 "익스펠리아르무스!"라고 외쳤고, 스네이프 교수가 록허트를 무장 해제시켰던 것과 똑같이, 일기장이 말포이의 손에서 떠나 공중으로 휙 날아갔다. 그러자 론이 씩 웃으며 그걸 얼른 잡았다.

"해리!" 퍼시가 큰소리로 말했다. "복도에서는 마법을 부리면 안 돼. 당장 보고하겠어!"

그러나 해리는 들은 척도 하지 않았다. 얄미운 말포이 녀석을 혼내줬는데 그리핀도르가 5점 정도 감점된들 어떻겠는가. 화가 나서 어쩔 줄 모르고 있던 말포이는 지니가 그의 옆을 지나 교실로 들어가자, 그녀의 뒤에다 대고 짓궂게 쏘아붙였다. "포터가 네가 보낸 발렌타인 선물을 별로 마음에 들어하지 않아서 정말 안됐구나!"

지니는 손으로 얼굴을 감싸고 교실 안으로 달려들어갔다. 론이 이를 뿌드득 갈며 요술지팡이를 꺼냈지만, 해리가 그를 잡아끌었다. 잘못했다간 론이 또 마법 수업 내내 민달팽이를 토해야 하는 상황이 벌어질지도 몰랐기 때문이었다.

해리가 리들의 일기장에서 뭔가 좀 이상한 낌새를 알아챈 것은 플리트윅 교수의 교실에 도착했을 때였다. 다른 책들은 모두 진홍색 잉크에 흠뻑 젖어 있는데, 그 일기장만은 잉크병이 산산조각이 나기 전과 똑같이 깨끗했다. 그는 론에게 이 점을 말하려고 했지만, 론은 또다시 말썽을 일으킨 그의 요술지팡이 때문에 정신이 없었다. 그의 지팡이 끝에서 큼지막한 보랏빛 거품들이 부글부글 피어나고 있었던 것이다.

해리는 그날 밤 가장 먼저 잠자리에 들었다. 이건 어느 정도는 프레드와 조지가 "그의 눈은 금방 절인 두꺼비처럼 초록빛이구요"를 부르는 걸 더 이상 참을 수 없기 때문이기도 했지만, 또 한편으로는 헛수고하는 것이라는 론의 말에도 불구하고 리들의 일기장을 다시 한번 살펴보고 싶었기 때문이었다.

해리는 침대에 앉아 아무 것도 쓰여있지 않은 페이지들을 휙휙 넘겨봤지만, 단 한 페이지에도 진홍색 잉크가 묻어있지 않았다. 그는 침대 옆에 있는 벽장에서 새 잉크병을 하나 꺼내, 깃펜을 푹 담근 뒤, 일기장 첫 페이지에 한 방울을 뚝 떨어뜨렸다.

잉크가 종이 위에서 잠시 밝게 빛나더니, 마치 그 페이지 속으로 빨려 들어가기라도 한 듯, 스르르 사라져버렸다. 흥분한 해리는 깃펜에 잉크를 잔뜩 묻힌 뒤 '내 이름은 해리 포터야.'라고 썼다.

그러자 그 글귀가 순간적으로 빛을 내더니, 역시 흔적도 없이 사라졌다. 그때 예상치도 못했던 일이 벌어졌다.

종이에 해리가 쓰지도 않은 말들이 그의 잉크 색깔로 다시 스며 나왔다.

"안녕, 해리 포터. 내 이름은 톰 리들이야. 내 일기장을 어떻게 갖게 되었니?"

이 말들이 막 사라지려는 순간에 해리는 얼른 대답을 휘갈겨 썼다.

"누군가가 그걸 변기 속에 넣어 물로 씻어 내리려고 했어."

그는 리들의 응답을 간절히 기다렸다.

'내 기억들을 잉크보다 더 오래 지속되는 방법으로 기록하길 정말 잘했구나. 하지만 난 이 일기장이 읽히는 걸 바라지 않는 사람들이 있으리라는 걸 알고 있었어.'

"무슨 말이니?" 해리가 흥분해서 아무렇게나 갈겨썼다.

'이 일기장 안에 끔찍한 기억들이 담겨 있다는 뜻이야. 숨겨진 이야기들이. 호그와트 마법 학교에서 일어났던 일들이 말야.'

"여기가 바로 거기야." 해리가 급히 썼다. "내가 있는 곳이 바로 호그와트이고, 지금 끔찍한 일이 벌어지고 있어. 혹시 비밀의 방에 대해 아니?'

해리의 가슴이 두방망이질을 했다. 그의 말이 떨어지기가 무섭게 리들이 곧바로 응답했다. 그는 꼭 자신이 알고 있는 모든 걸 허둥지둥 말하고 있기라도 한 듯, 글씨가 점점 더 삐뚤삐뚤해졌다.

'물론 비밀의 방에 대해 알지. 내가 다닐 때, 사람들은 그게 전설일 뿐이며, 존재하지 않는다고 말했어. 하지만 그건 거짓말이야. 내가 5학년이었을 때, 그 방이 열렸어. 그리고 괴물이 학생 몇 명을 습격했는데, 끝내 한 명은 죽고 말았어. 난 그 방을 연 사람을 잡았고 그는 쫓겨났지. 하지만 그 당시의 교장 선생님이셨던 디펫 교수는 호그와트에서 그러한 일이 일어난 것을 부끄럽게 여겨서, 내게 진실을 말하지 못하게 하셨어. 그리고 희생당한 여자아이는 얼토당토않게도 사고로 죽었다고 발표되었지. 그들은 내가 말썽을 일으킬까봐 번쩍이는 멋진 트로피를 주고 입다물고 있으라고 경고했어. 하지만 난 그런 일이 또 일어날 수 있다는 걸 알았어. 괴물은 여전히 살아있고, 그 괴물을 통제할 힘을 가진 사람은 감옥에 들어가지 않았으니까 말야."

해리는 성급히 답변을 쓰려고 하다가 그만 잉크병을 뒤집어 엎을 뻔했다.

"그런 일이 지금 또다시 일어나고 있어. 습격이 세 번 있었는데 누구 짓인지 아무도 모르는 것 같아. 지난번에는 누가 그랬니?"

"원한다면, 보여줄 수 있어." 리들이 응답했다. "내 말을 못 믿겠다면, 내가 그를 잡던 날 밤의 기억 속으로 널 데려갈 수도 있다는 말이야."

해리는 깃펜을 일기장 위에서 멈춘 채 망설였다. 리들의 말이 무슨 뜻일까? 어떻게 다른 사람의 기억 속으로 들어갈 수 있단 말인가? 그는 점차 어두워지고 있는 기숙사 방문을 흘끗 바라보았다. 그리고 다시 일기장을 바라보았을 때 막 말이 쓰여지고 있었다.

"보여줄게."

해리는 잠시 머뭇대다가 두 자를 썼다.

"좋아."

일기장이 마치 강풍이 불고 있기라도 한 듯 휙휙 넘겨지기 시작하더니, 6월의 반쯤 가서 멈췄다. 그리고 일기장이 탁 펼쳐졌을 때, 6월 13일 칸이 작은 텔레비전 스크린으로 변했다. 그는 떨리는 손으로 책을 들어올리고 눈을 그 작은 스크린에 바짝 갖다댔다. 그러자 그 스크린이 넓어지면서, 몸이 침대에서 떨어지는가 싶더니, 그가 스크린을 지나 갖가지 색깔과 그림자들의 소용돌이 속으로 빠져 들어갔다.

발이 딱딱한 땅에 닿는 걸 느끼고 일어서서 떨고 있을 때, 주변에 있는 희미한 형체들이 갑자기 또렷해졌다.

그는 자신이 어디에 있는지 금방 알았다. 잠자는 초상화들이 있는 이 원형의 방은 바로 덤블도어 교수의 사무실이었다─ 그러나 그 책상 뒤에 앉아 있는 사람은 덤블도어 교수가 아니었다. 흰머리 몇 가닥만 남아있을 뿐 거의 대머리인 쭈글쭈글한 마법사가 촛불 옆에서 편지를 읽고 있었다. 해리는 이 사람을 한번도 본 적이 없었다.

"죄송해요." 그가 떨며 말했다. "방해하려던 게 아니었어요…"

그러나 그 마법사는 올려다보지 않았다. 그는 약간 얼굴을 찡그리며 계속 읽었다. 해리는 그의 책상으로 더 가까이 다가가 더듬거리며 말했다. "저─ 그냥 갈까요?"

그러나 그 마법사는 여전히 그를 본체만체 했다. 그의 말을 듣지 못한 것 같았다. 그 마법사가 어쩌면 귀머거리일지도 모른다고 생각하면서, 해리는 목소리를 높였다.

"방해해서 죄송해요, 이제 갈게요." 그는 거의 소리치다시피

했다.

그러나 그 마법사는 한숨을 쉬며 그 편지를 접더니, 일어서서 해리를 쳐다보지도 않고 옆으로 지나가 창문의 커튼을 걷었다.

창 밖의 하늘은 붉게 타고 있었다. 해질녘인 것 같았다. 마법사는 다시 책상으로 돌아가 앉더니 엄지손가락을 빙빙 돌리며 문을 바라보았다.

해리는 사무실을 둘러보았다. 불사조 폭스는 없었다― 씽 하는 소리를 내는 기묘한 은빛 장치도 없었다. 이곳은 리들이 알고 있는 호그와트였다. 그 말은 이 미지의 마법사는 덤블도어 교수가 아니라 바로 그 당시의 교장 선생님이고, 해리는 50년 전의 사람들에게는 전혀 보이지 않는 환영에 불과하다는 뜻이었다.

누군가가 교장실 문을 노크하는 소리가 들렸다.

"들어오시오." 늙은 마법사가 희미한 목소리로 말했다.

열 여섯쯤 되어 보이는 어떤 남자아이가 들어와 뾰족한 모자를 벗었다. 그의 가슴에서는 은빛 반장 배지가 반짝이고 있었다. 해리보다는 훨씬 더 컸지만, 그의 머리카락은 해리처럼 새까맸다.

"오, 리들이구나." 교장이 말했다.

"절 부르셨습니까, 디펫 교수님?" 리들이 말했다. 그는 긴장한 것처럼 보였다.

"앉거라." 디펫이 말했다. "막 네가 보낸 편지를 읽고 있었단다."

"아." 리들이 말했다. 그는 두 손을 꼭 쥐고 앉았다.

"얘야." 디펫이 상냥하게 말했다. "여름에 널 학교에 머물러 있게 할 수가 없구나. 방학이 되면 집에 돌아가고 싶을 텐데 왜 가지 않으려는 거니?"

"전," 리들이 즉시 말했다. "전 집으로 돌아가는 것보다 호그와트에 머무는 게 훨씬 더 좋아요— 그곳으로—"

"방학동안 머글 고아원에서 지내야 하기 때문이니?" 디펫이 조심스럽게 말했다.

"네, 선생님." 리들이 약간 얼굴을 붉히며 말했다.

"머글 태생이니?"

"혼혈이에요." 리들이 말했다. "아버지는 머글이시고, 어머니는 마녀죠."

"그리고 네 부모는 두 분 다—"

"어머니는 제가 태어나자마자 돌아가셨어요. 고아원에 계신 분들이 그러는데 어머니는 간신히 제 이름만 지어주시고 돌아가셨대요. 톰은 제 아버지의 이름을 딴 거고, 마볼로는 할아버지 이름을 딴 거래요."

디펫이 매우 안됐다는 듯이 혀를 끌끌 찼다.

"중요한 건, 톰." 그가 한숨을 지었다. "너를 위해 특별한 배려를 했어야 하겠지만 말이다, 현재 상황에서는…"

"요즘에 일어난 습격 사건 때문인가요?" 리들이 이렇게 말하자, 해리는 가슴이 마구 뛰었다. 그는 뭐 하나라도 듣지 못하는 게 있을까봐, 더 가까이 다가갔다.

"바로 그렇단다." 교장이 말했다. "애야, 학기가 끝났는데 널 성에 남아있도록 할 수는 없단다. 특히 최근에 일어난 비극에 비추어 볼 때… 그 가엾은 어린 소녀의 죽음은… 너도 고아원 에서 지내는 게 훨씬 더 안전할 게다. 사실, 마법부는 심지어 학교 폐쇄 문제를 심각히 논의하고 있을 정도란다. 그런데 우 린— 어— 이런 불쾌한 사건들의 원인을— 전혀 알아내고 있 지 못하고 있으니…"

리들의 눈이 동그레졌다.

"선생님— 만약 그 사람이 잡힌다면— 만약 그 모든 습격이 중단된다면—"

"그게 무슨 말이니?" 디펫이 의자에 똑바로 앉으면서 끽끽 대며 말했다. "리들, 그 말은 네가 이들 습격에 대해 뭔가 알고 있다는 뜻이니?"

"아니에요, 선생님." 리들이 얼른 말했다.

하지만 해리는 '아니다'라는 그 말이 바로 그 자신이 덤블 도어 교수에게 했던 부정의 의미와 똑같은 거라고 확신했다.

디펫은 약간 실망한 듯, 맥없이 다시 주저앉았다.

"이제 가도 좋다, 톰…"

리들이 의자에서 슬그머니 일어나 고개를 푹 숙이고 그 방 에서 나가자 해리는 그를 따라갔다.

그들은 움직이는 나선형 계단을 내려가, 음침한 복도에 있는 이무기 돌(성문 등에 빗물이 흘러내리게 하기 위해 난간에 끼우는,

이무기 대가리 모양의 돌홈 : 옮긴이) 옆으로 나왔다. 리들은 심각하게 무언가 생각하고 있는지, 이맛살을 찌푸리며 입술을 깨물고 있었다.

그리곤, 갑자기 결정을 내리기라도 한 듯, 급히 걸어가기 시작했고, 해리는 조용히 그 뒤를 쫓아갔다.

그런데 그들이 현관 안의 넓은 홀에 이르렀을 때, 긴 머리카락과 수염이 온통 적갈색인 키 큰 마법사 하나가 대리석 계단에서 리들을 불렀다.

"이렇게 늦은 시간에 돌아다니며 뭐 하고 있는 거냐, 톰?"

해리는 그 마법사를 보자 입이 딱 벌어졌다. 그는 다름아니라 바로 50년 전의 젊은 덤블도어였다.

"교장 선생님을 만나뵙느라구요." 리들이 말했다.

"그러면, 어서 침실로 가렴." 덤블도어는 해리가 너무나 잘 알고 있는 바로 그 뚫어질 듯한 눈초리로 리들을 바라보며 말했다. "요즘 같은 때는 복도에 돌아다니지 않는 게 좋지. 그 습…"

그는 한숨을 푹 쉬더니 리들에게 잘 자라고 말한 뒤 성큼성큼 걸어갔다. 리들은 그가 눈앞에서 멀어지는 걸 지켜본 뒤 부리나케 지하 감옥으로 내려가는 돌 계단 쪽으로 향했다. 해리도 얼른 뒤따라갔다.

그러나 놀랍게도, 리들은 숨겨진 복도나 비밀 통로가 아니라 스네이프 교수가 마법의 약 수업을 하는 바로 그 지하 감옥으로 내려갔다. 그리고 거의 닫혀진 문을 밀어 열고, 횃불들이 밝혀져 있지 않은 바깥 복도를 지켜보고 있었다.

그들은 그 자리에 꼭 한 시간은 있었던 것 같았다. 그가 볼 수 있는 것은 그저 조각상처럼 서서 문틈 새로 바깥을 뚫어지게 바라보고 있는 리들의 형상뿐이었다. 그리고 해리가 기대가 무너지고 긴장이 풀리면서 다시 현재로 돌아가고 싶다고 생각하기 시작했을 때, 문 뒤에서 뭔가가 움직이는 소리가 났다.

누군가가 그 복도로 살금살금 걸어오고 있었다. 누군지는 모르지만 그와 리들이 숨어있는 지하 감옥 옆으로 지나가고 있었다.

리들은 그림자처럼 조용히, 그 문으로 서서히 나가 뒤따라갔고, 해리는 자신의 발자국 소리가 들리지 않는다는 사실도 잊은 채, 발소리를 죽이고 그의 뒤를 쫓았다.

약 5분쯤 그 발자국을 따라갔을 때, 리들이 갑자기 새로운 소리가 나는 쪽으로 고개를 돌리고 멈춰 섰다. 어떤 문이 삐걱거리며 열리는 소리가 나더니, 누군가가 쉰 목소리로 소곤소곤 말했다.

"어서… 여기서 나가야 해… 어서 자… 상자 속으로…."

어디서 많이 듣던 목소리였다.

리들이 갑자기 모퉁이를 돌아나갔다. 해리도 뒤따라갔다. 문득 열린 문 앞에 쪼그리고 앉아있는 몸집이 큰 어떤 소년의 거무스름한 윤곽이 보였다. 그 옆에는 굉장히 큰 상자 하나가 놓여 있었다.

"안녕, 루베우스." 리들이 날카롭게 말했다.

그러자 그 소년이 문을 쾅 닫고는 벌떡 일어섰다.

"여기서 뭐하는 거니, 톰?"

리들이 더 가까이 다가갔다.

"이제 다 끝났어." 그가 말했다. "이제 널 신고할 거야, 루베우스. 만약 습격이 멈추지 않는다면 호그와트가 폐쇄될 거야."

"그게 무슨—"

"네가 일부러 사람을 죽이려고 했던 건 아닐 거야. 하지만 괴물들은 좋은 애완 동물이 되지 못해. 넌 그저 그걸 운동시키려고 나오게 한 것 같지만…."

"그건 아무도 죽이지 않았어!" 몸집이 큰 그 소년이 닫힌 문 쪽으로 물러나며 말했다. 그의 뒤에서는, 무언가가 급히 움직이며 딸깍딸깍하는 이상한 소리를 냈다.

"이것 봐, 루베우스." 리들이 더 가까이 다가서며 말했다. "그 죽은 여자아이의 부모가 내일 이곳에 올 거야. 호그와트는 어쨌든 그들의 딸을 죽인 그 괴물을 잡아서 처벌하는 성의를 보여야만 해…."

"그게 한 짓이 아냐!" 소년이 큰소리로 말하자, 그의 목소리가 어두운 복도에 울려 퍼졌다. "그 녀석은 그런 짓을 하지 않아! 절대로!"

"옆으로 비켜 서." 리들이 요술지팡이를 잡아 빼며 단호하게 말했다.

그가 주문을 외우자 복도가 갑자기 타는 듯이 붉은 불빛으로 밝아졌다. 그리고 그 커다란 소년 뒤쪽의 문이 쾅 하고 열리면서 그를 맞은편 벽으로 날려버렸다. 이어서 그 안에서 무언가가 나왔다. 해리는 아무에게도 들리지 않는, 귀청이 터질 듯한 긴 비명을 질렀다.

등골이 오싹한 털투성이의 거대한 몸체에 뒤엉킨 까만 다리들. 번득이는 여러 개의 눈과 면도날처럼 날카로운 집게발— 리들이 요술지팡이를 다시 들어올렸지만, 이미 늦고 말았다. 그 괴물이 그를 넘어뜨리고는 순식간에 복도에서 사라져버렸던 것이다.

리들이 그 괴물을 달아난 곳을 지켜보며 급히 일어섰다. 그리고 그가 요술지팡이를 들어올리는 순간, 몸집이 큰 아이가 얼른 덤벼들더니, 그의 지팡이를 잡고, 그를 다시 바닥에 넘어뜨리고 꼼짝 못하게 한 뒤 소리쳤다. **"안돼에…!"**

그 장면이 빙글빙글 돌더니, 갑자기 새까매졌다. 그리고 몸이 한없이 떨어지는 것 같더니, 해리는 쿵 하는 소리와 함께 그리핀도르 기숙사 방에 있는 자신의 침대 위에 큰 대자로 떨어졌다. 그의 배 위에는 리들의 일기장이 펼쳐진 채 올려져 있었다.

그리고 숨돌릴 틈도 없이, 기숙사 문이 열리며 론이 들어왔다.

"여기 있었구나." 그가 말했다.

해리는 일어나 앉았다. 그는 식은땀을 흘리며 부들부들 떨고 있었다.

　"무슨 일이니?" 론이 걱정스러운 얼굴로 그를 쳐다보며 말했다.

　"해그리드였어, 론. 바로 해그리드가 50년 전에 그 비밀의 방을 열었던 거야."

제 **14** 장

코넬리우스 퍼지

해리와 론과 헤르미온느는 유감스럽게도 해그리드가 괴물 같은 끔찍한 동물들을 좋아한다는 사실을 진작부터 알고 있었다. 그들이 1학년이었을 때 그는 자신의 작은 오두막에서 용을 기르려고 했는가 하면, 머리가 셋 달린 거대한 개에게 플러피라는 귀여운 이름을 지어주기도 했었다. 그러므로 해그리드는 어렸을 때, 만약 성 어딘가에 괴물이 숨겨져 있다는 소릴 들었다면, 그 괴물을 보기 위해 무슨 짓이라도 했을 것이 분명했다. 그는 그 괴물이 오랫동안 비좁은 곳에 갇혀 있는 걸 대단히 가슴 아프게 여겼을 테고, 그 많은 다리를 쭉 뻗을 기회를 주는 게 당연하다고 생각했을 것이다. 해리는 그 거대한 괴물에게 가죽끈과 목줄을 달려고 애쓰고 있는 열세 살짜리 해그리드의 모습을 어렵지 않게 상상할 수 있었다. 그러나 그는 또 해그리드는 절대 누군가를 죽일 사람이 아니라고 확신했다.

해리는 차라리 리들의 일기장을 다루는 방법을 알아내지 못했더라면 좋았을 텐데 하는 생각까지 들었다. 론과 헤르미온느는 그가 본 것을 여러 번 되풀이해서 말하게 했으므로 이제는 말하는 데도 지쳤거니와 결론 없이 계속 겉돌기만 하는 지루한 대화에도 신물이 났다.

"리들은 어쩌면 엉뚱한 사람을 잡은 것인지도 몰라." 헤르미온느가 말했다. "사람들을 습격했던 게 다른 괴물일지도 모르고…."

"이곳 호그와트엔 도대체 얼마나 많은 괴물이 있는 거지?" 론이 느릿느릿 물었다.

"우린 해그리드가 쫓겨났다는 건 알고 있었잖아." 해리가 비참하게 말했다. "그리고 해그리드가 쫓겨난 뒤에 습격이 멈추었던 게 틀림없어. 그렇지 않았다면, 리들이 상을 받지 못했을 테니까 말야."

하지만 론은 다른 쪽으로 생각하려고 했다.

"리들은 꼭 퍼시 형 같아— 누가 해그리드를 밀고하라고 시키기라도 했대?"

"하지만 그 괴물이 사람을 죽였잖아, 론." 헤르미온느가 말했다.

"그리고 호그와트가 폐쇄되면 리들은 머글 고아원으로 돌아가야 했어." 해리가 말했다. "그가 이곳에 머물고 싶어했던 건 당연해…."

"너 녹턴 앨리에서 해그리드를 만났다고 했지, 해리?"

"그는 육식성 민달팽이를 없애는 약을 사고 있었어." 해리가 얼른 말했다.

그들 셋은 갑자기 조용해졌다. 한참 뒤, 헤르미온느가 망설이는 목소리로 가장 하기 어려운 말을 했다.

"해그리드에게 가서 그 모든 걸 직접 물어보는 게 어떨까?"

"정말로 그런 걸 물어보러 찾아가고 싶지는 않아." 론이 말했다. "안녕, 해그리드. 말해보세요, 최근에 성에다 털 투성이 괴물을 풀어 놓았나요?"

결국, 그들은 습격이 또 있을 때까지 해그리드에게 아무 말도 하지 않기로 결정했고, 며칠동안 형체가 보이지 않는 목소리의 속삭임도 더 이상 들리지 않자, 해그리드가 왜 쫓겨났는지, 그에게 굳이 물어볼 필요가 없을 것이라는 희망도 갖게 되었다. 또 저스틴과 목이 달랑달랑한 닉이 습격당한 이후 거의 넉 달 동안 더 이상 어떤 일도 일어나지 않았으므로, 사람들은 거의 모두가, 그 습격자가 누군지는 몰라도, 영원히 물러났다고 생각하는 것 같았다. 피브스는 마침내 "오, 포터, 이 천덕꾸러기야"라는 노래 부르기에 싫증을 냈고, 어니 맥밀란은 어느 날 약초학 수업 시간에 해리에게 독버섯 양동이를 넘겨달라고 아주 정중히 부탁했다. 3월에는 맨드레이크 몇 개가 3번 온실에서 귀에 거슬리는 요란한 파티를 벌이기도 했는데, 이것을 보자 스프라우트 교수는 매우 기뻐했다.

"맨드레이크가 서로의 화분으로 옮겨가려고 한다는 건 완전히 자랐다는 증거란다." 그녀가 해리에게 말했다. "그렇게 되면 병동에 있는 저 가엾은 사람들을 되살아나게 할 수 있을 거야."

부활절 휴일 동안 2학년들에겐 고민거리가 또 하나 생겼다. 3학년 때 수강할 과목들을 선택할 시간이 온 것이었다. 적어도 헤르미온느는 그 문제를 아주 심각하게 받아들였다.

"그건 우리의 미래에 영향을 미칠 수도 있어." 새로운 과목 목록을 꼼꼼히 살피며 체크를 하면서 그녀가 해리와 론에게 말했다.

"난 마법의 약은 그만 두었으면 딱 좋겠어." 해리가 말했다.

"그럴 수 없다는 거 알잖아." 론이 우울하게 말했다. "우린 전 학기에 들었던 과목을 모두 들어야 해, 그러지 않아도 된다면 난 어둠의 마법 방어법을 뺐을 거야."

"하지만 그건 매우 중요해!" 헤르미온느가 깜짝 놀라서 말했다.

"록허트 교수가 가르치는 걸 보면 전혀 그렇지 않아." 론이 말했다. "난 작은 요정들을 풀어주지 말아야 한다는 것 말고는 그에게 배운 게 하나도 없단 말야."

네빌 롱바텀은 가족 내의 모든 마녀와 마법사들로부터 편지

를 받았는데, 그들 모두 과목 선택에 대해 각기 다른 충고를
해주었다. 그는 혼란스럽기도 하고 걱정스럽기도 해서인지, 혓
바닥을 내밀고 앉아서 과목 목록을 읽으며, 아이들에게 '산술
점'과 '고대 문자' 중 어느 것이 더 공부하기 어려울지 묻고
있었다. 해리처럼, 머글들 속에서 자란 딘 토마스는 눈을 감고
지팡이로 목록을 아무 데나 쿡 찌른 뒤, 그것이 놓이는 과목들
을 고르기도 했다. 헤르미온느는 그러나 어느 누구의 충고도
받아들이지 않고 모든 과목을 다 적어 넣었다.

해리는 만약 버논 이모부와 페투니아 이모에게 마법사로서
의 자신의 진로에 대해 의논했다면 그들이 뭐라고 했을까 생
각하자 절로 웃음이 나왔다. 그에게 조언을 해주는 사람이 전
혀 없었던 건 아니었지만, 그중에서도 퍼시 위즐리는 자신의
경험을 몹시 얘기해주고 싶어했다.

"그건 네가 앞으로 무엇을 하고 싶은가에 달려 있어, 해리."
그가 말했다. "장래에 대해 생각하는 건 빠를수록 좋아. 내가
볼 때 점술가도 괜찮을 것 같아. 사람들은 머글 연구가 별 볼
일 없다고 하지만, 난 마법사들이라면 비 마법 세계에 대해서
도 철저히 알아야 한다고 생각해, 특히 그들과 아주 가까운 일
을 할 생각이라면 더욱 그렇지— 우리 아버지를 봐, 아버지는
언제나 머글 문제들에 관심을 갖고 계시잖아. 우리 형 찰리는
늘 야외에서 일하는 걸 좋아했으니까, 신비한 생물들을 돌보
는 곳으로 갔잖아. 잘해봐, 해리."

하지만 해리는 자신 있는 게 퀴디치밖에 없었다. 결국 그는

론과 똑같은 과목들을 선택했다.

그리핀도르의 다음 퀴디치 시합은 후플푸프와 하기로 되어 있었다. 우드는 저녁 식사 후 매일 밤 단체 훈련을 할 것을 고집했으므로, 해리는 퀴디치와 숙제 말고는 다른 걸 할 시간이 전혀 없었다. 그러나 비는 더 이상 내리지 않아서, 날씨만큼은 훈련하기에 점점 더 좋아지고 있었다. 일요일 시합 전날 저녁에 훈련을 마친 그는 이번에야말로 그리핀도르가 퀴디치 우승컵을 탈 수 있을 거라고 생각하며 빗자루를 갖다놓으려고 기숙사로 올라갔다.

그러나 그의 유쾌한 기분은 오래 가지 않았다. 기숙사 방 앞에서 네빌 롱바텀을 만났는데, 그는 극도로 흥분한 것처럼 보였다.

"해리— 난 누가 그랬는지 몰라— 내가 들어갔을 때 벌써 저렇게 되어 있었어—"

걱정스러운 눈초리로 해리를 바라보며, 네빌이 문을 밀어 열었다.

해리의 가방 속에 들어있던 물건들이 사방으로 흩어져 있었다. 망토는 갈기갈기 찢겨지고, 이불은 침대에서 끌어내려졌으며, 침대 옆에 있는 서랍장 서랍들은 죄다 열렸고, 그 안에 들어있던 물건들은 매트리스 위에 뒤엎어져 있었다.

해리는 너무나 기가 막혀 입을 벌린 채 침대 쪽으로 걸어갔다. '트롤과의 여행' 책에서 뜯겨져 나온 책장 몇 페이지가 발에 밟혔다. 네빌과 함께 담요를 침대 위로 다시 끌어올릴 때, 론과 딘과 시무스가 들어왔다. 딘이 큰소리로 말했다.

"무슨 일이니, 해리?"

"몰라." 해리가 말했다. 하지만 론은 해리의 망토를 살피고 있었다. 주머니마다 다 뒤집어져 있었다.

"누군가가 뭘 찾고 있었나봐." 론이 말했다. "뭐 잃어버린 거 있니?"

해리는 흩어져 있는 것들을 주섬주섬 주워 가방 속으로 던지기 시작했다. 그런데 록허트의 책들을 다 던져 넣었을 때 무언가가 없어졌다는 걸 알았다.

"리들의 일기장이 없어졌어." 그가 론에게 작은 목소리로 말했다.

"뭐라구?"

해리가 갑자기 기숙사 문으로 달려나가자 론이 그를 따라나갔다. 그들은 허둥지둥 그리핀도르의 학생 휴게실로 내려갔다. 사람들이 다 기숙사로 돌아간 그곳에서, 헤르미온느가 혼자서 '고대 문자는 쉽게 만들어졌다' 라는 책을 읽고 있었다.

헤르미온느는 해리와 론의 말을 듣고 깜짝 놀란 것 같았다.

"하지만— 훔칠 수 있는 사람은 그리핀도르 학생뿐이야— 다른 애들은 우리 암호를 모르잖아…."

"맞았어, 바로 그거야." 해리가 말했다.

그들은 그 다음날 아침, 눈부신 햇살과 산들산들 부는 상쾌한 바람에 잠에서 깨었다.

"퀴디치하기엔 딱 좋은 날씨로군!" 우드가 그리핀도르 테이블에서, 선수들 접시에 스크램블드 에그를 잔뜩 담으며 흥분을 감추지 못하고 말했다. "해리, 기운 내, 넌 아침 잘 먹어둬야 해."

해리는 사람들이 꽉 들어찬 그리핀도르 테이블을 빤히 내려다보며, 리들 일기장의 새 주인이 바로 그의 눈앞에 있는 게 아닐까 생각하고 있었다. 헤르미온느는 도둑맞은 것을 알리라고 부추겼지만, 해리는 그렇게 하고 싶지 않았다. 그는 선생님에게 그 일기장에 대해 모든 걸 말해야 할 것이다. 그리고 해그리드가 50년 전에 왜 쫓겨났는지 알고 있는 사람이 몇 명이나 되겠는가? 그는 그 모든 이야기를 다시 꺼내는 사람이 되고 싶지 않았다.

그러나 론과 헤르미온느와 함께 연회장을 나와 퀴디치 물건들을 가지러 갈 때, 엎친 데 덮친 격으로 심각한 걱정거리가 또 하나 생겨났다. 대리석 계단에 막 발을 들여놓았을 때 그 소리가 또다시 들린 것이다—

"이번엔 죽일 거야… 가죽을 벗겨서… 갈기갈기 찢어서…"

그가 소리를 꽥 지르자 론과 헤르미온느 모두 소스라치게 놀라 그에게서 떨어졌다.

"저 목소리!" 해리가 어깨 너머를 훑어보며 말했다. "방금 그 목소리가 또 들렸어— 너희들은 못 들었니?"

론이 눈을 동그랗게 뜨고 고개를 저었다. 그러나 그 순간 헤르미온느가 손으로 이마를 탁 쳤다.

"해리— 막 무슨 생각이 났어! 도서실에 좀 가봐야겠어!"

그리고 그녀는 쏜살같이 계단 위로 올라갔다.

"그 애가 또 무슨 생각이 났다는 거니?" 해리가 그 목소리가 어디서 들리는지 알아내려고, 넋 나간 사람처럼 주위를 둘러보며 말했다.

"나보다야 생각이 엄청 많겠지." 론이 고개를 흔들며 말했다.

"그런데 그 애가 왜 도서실에 가는 거니?"

"그거야 헤르미온느가 늘 하는 거잖아." 론이 어깨를 으쓱하며 말했다. "의심나는 게 있으면, 도서실에 가는 거."

해리는 엉거주춤 서서, 그 목소리를 다시 들어보려고 했지만, 연회장에서 나온 사람들이 시끄럽게 떠들며 하나 둘 퀴디치 경기장으로 가고 있어서 더 이상 집중할 수가 없었다.

"가는 게 좋겠어." 론이 말했다. "거의 11시야— 시합이—"

해리는 그리핀도르 탑으로 달려 올라가, 님부스 2000을 들고 와서는, 얼른 떼지어 정원으로 나가는 아이들 틈에 끼었지만, 머리 속엔 온통 형체 없는 목소리 생각뿐이었다. 라커룸에서 진홍색 망토를 입을 때, 그는 그나마 모든 사람이 그 경기를 지켜보기 위해 바깥에 와 있다는 사실에 위안을 얻었다.

선수들은 떠들썩한 박수 갈채를 받으며 경기장으로 걸어나갔다. 올리버 우드가 연습 비행을 하려고 골대 주위로 날아오르자 후치 부인이 공들을 놓아주었다. 카나리아빛 노란색 망토를 입은 후플푸프 선수들은 모여서 막바지 전략 논의를 하고 있었다.

해리가 막 빗자루에 올라타려고 할 때 맥고나걸 교수가 커다란 보라색 메가폰을 들고 거의 뛰다시피 걸어서 경기장으로 들어왔다.

해리는 가슴이 철렁 내려앉았다.

"시합이 취소되었습니다." 맥고나걸 교수가 관람석을 가득 메우고 있는 학생들에게 메가폰을 통해 큰소리로 알렸다. 올리버 우드는 어이가 없다는 표정으로, 경기장으로 내려와 빗자루를 탄 채 맥고나걸 교수 쪽으로 달려갔다.

"하지만, 교수님!" 그가 소리쳤다. "저흰 경기를 해야만 해요… 우승컵이… *그리핀도르가*…"

그러나 맥고나걸 교수는 그를 무시한 채 메가폰을 통해 계속해서 큰소리로 말했다.

"학생들은 모두 각자 기숙사 학생 휴게실로 돌아가십시오, 상세한 이야기는 기숙사 담당 교수님께서 해 주실 것입니다. 될 수 있는 대로 빨리 가세요, 어서!"

그리곤 그녀는 메가폰을 내리고 해리에게 오라고 손짓했다.

"포터, 넌 나랑 같이 가는 게 좋겠다…"

그녀가 이번에는 어떻게 그를 의심할 수 있는지 해리가 궁금해하고 있을 때, 론이 불평하는 군중들을 헤치고 나오는 게 보였다. 그리고 그들이 성 쪽으로 출발할 때 론이 달려왔다. 그러나 놀랍게도, 맥고나걸 교수는 싫어하는 기색이 없었다.

"그래, 너도 가는 게 좋겠구나, 위즐리…"

그들 주위에 떼지어 몰려있던 학생들은 시합이 취소된 것에 대해 투덜대고 있는가 하면 또 걱정스런 표정을 짓고 있기도 했다. 해리와 론은 맥고나걸 교수를 따라 다시 학교로 들어가 대리석 계단 위로 올라갔다. 그러나 그들은 이번엔 어느 누구의 사무실로도 들어가지 않았다.

"약간 놀랐을 게다." 병동에 도착했을 때 맥고나걸 교수가 놀라울 정도로 부드러운 목소리로 말했다. "습격이 또 있었단다… 또 두 명이 당했어."

해리는 속이 뒤틀리는 걸 느꼈다. 그들은 안으로 들어갔다.

폼프리 부인이 긴 곱슬머리를 가진 5학년짜리 소녀를 이리저리 살피고 있었다. 해리는 그 애를 단번에 알아보았다. 그 애는 언젠가 론과 함께 슬리데린의 학생 휴게실로 가는 방향을 물었었던 바로 그 래번클로의 여학생이었다. 그리고 그 애 옆에 있는 침대에는—

"헤르미온느!" 론이 신음소리를 냈다.

헤르미온느는 두 눈을 흐리멍덩하게 뜨고 죽은 듯이 누워있었다.

"도서실 근처에서 발견되었단다." 맥고나걸 교수가 말했다. "둘 다 이걸 설명하진 못하겠지? 이게 그 애들 옆에 있었단다…"

그녀가 작고 동그란 거울 하나를 들어올리고 있었다.

해리와 론은 둘 다 헤르미온느를 빤히 바라보며 고개를 저었다.

"너희들을 다시 그리핀도르 탑까지 데려다 주마." 맥고나걸 교수가 맥없이 말했다. "어쨌든 나도 가서 학생들에게 말해줘야 할 테니 말이다."

"모든 학생들은 매일 저녁 6시까지 기숙사 학생 휴게실로 돌아와야 합니다. 그 시간 이후에는 단 한 명도 기숙사를 떠나선 안돼요. 여러분들은 수업을 받을 때마다 선생님들의 지시를 받게 될 것입니다. 선생님 없이는 단 한 명도 화장실을 사용해선 안됩니다. 남은 퀴디치 훈련과 시합은 모두 연기될 것입니다. 그리고 더 이상 저녁 활동들은 없을 것입니다."

그리핀도르 학생들은 학생 휴게실 안에 옹기종기 모여 앉아 조용히 맥고나걸 교수의 말에 귀를 기울였다. 그녀는 읽고 있던 양피지를 돌돌 만 뒤 다소 목 메인 목소리로 말했다. "우리는 지금 굉장히 난처한 지경에 처해 있습니다. 습격을 한 범인이 잡히지 않는다면 학교가 폐쇄될지도 몰라요. 따라서 뭐라도 알고 있다고 생각하는 사람은 앞으로 나와주길 바랍니다."

그녀가 그렇게 말하고 나서 다소 어설프게 초상화 구멍으로 나가자, 그리핀도르 학생들이 떠들어대기 시작했다.

"그리핀도르의 유령 닉을 치지 않는다면, 그리핀도르 학생 두 명과, 래번클로 한 명, 그리고 후플푸프 한 명이 습격당했어." 위즐리 쌍둥이 형제의 친구 리 조던이 손가락을 꼽으며 말했다. "선생님들이 슬리데린 아이들은 모두 안전하다는 걸

알아챘을까? 이 모든 허튼 수작이 슬리데린에서 벌린 일이라
는 건 뻔한 사실 아냐? 슬리데린의 후계자, 슬리데린의 괴물—
선생님들은 왜 슬리데린들을 몽땅 쫓아내지 않는 거지?" 그가
이렇게 큰소리로 말하자, 아이들이 동의 표시로 고개를 끄덕
이는가 하면 여기저기서 산발적으로 박수 갈채가 터져 나오기
도 했다.

퍼시 위즐리는 리 조던 뒤에 있는 의자에 앉아 있었지만, 그
의 말을 듣고 있는 것 같지 않았다. 그의 얼굴은 창백했으며
어리벙벙해 보였다.

"퍼시가 충격을 받았나봐." 조지가 해리에게 나직이 말했다.
"저 래번클로 여자 애 말야— 페네로프 클리어워터— 그 애는
반장이거든. 퍼시는 그 괴물이 감히 반장까지 습격하리라고는
생각하지 않았을 거야."

하지만 해리는 듣는 둥 마는 둥 했다. 그는 마치 돌처럼 병
동 침대에 누워 있는 헤르미온느의 영상을 지워버릴 수가 없
었다. 그리고 만약 범인이 빠른 시일 내에 잡히지 않는다면,
그는 다시 더즐리 가족과 함께 평생을 살아야 할 것이다. 톰
리들은 학교가 폐쇄될 경우 머글 고아원으로 돌아가야 한다는
상황에 부딪혔기 때문에 해그리드를 경찰에 신고했었다. 해리
는 이제야 톰의 기분이 어떠했는지 정확히 알 수 있었다.

"이제 어떻게 하지?" 론이 해리의 귀에 대고 조용히 말했다.
"그들이 해그리드를 의심하는 것 같니?"

"가서 그에게 말해야겠어." 해리가 마침내 결심한 듯 말했다.

"이번에는 그가 한 짓이 아니라고 믿지만, 만약 그가 지난번에 그 괴물을 풀어주었다면 비밀의 방으로 들어가는 방법을 알 거고, 그러니까 또 의심받을 수도 있을 거야."

"하지만 맥고나걸 교수님은 수업 받을 때가 아니면 탑 안에 머물러 있으라고 했잖아—"

"내 생각엔." 해리가 한층 더 조용히 말했다. "우리 아버지의 옛 망토를 다시 꺼내야 할 때인 것 같아."

해리가 그의 아버지로부터 물려받은 것은 단 한 가지, 길고 은빛 나는 투명 망토뿐이었다. 아무도 몰래 학교에서 빠져나가 해그리드에게 가려면 그걸 이용하는 수밖에 없었다. 그들은 평상시와 같은 시간에 침대로 들어가, 네빌과 딘과 시무스가 비밀의 방에 대한 논의를 끝내고 마침내 곯아 떨어질 때까지 기다렸다가, 조용히 일어나 다시 옷을 입고, 망토를 뒤집어썼다.

어둡고 인적이 끊긴 성의 복도들을 걸어가는 건 유쾌한 일이 아니었다. 해리는 전에도 몇 차례 밤에 성을 돌아다닌 적이 있긴 했지만, 해가 진 뒤에 성안에 사람들이 그렇게 많이 모여 있었던 적은 한번도 없었다. 선생님들과 반장들과 유령들이 짝을 지어 복도를 걸어다니며 이상한 움직임을 살피고 있었다. 투명 망토는 소리까지 들리지 않게 하지는 못했으므로, 스네이프 교수가 상비 경계를 서고 있는 지점에서 불과 몇 미터 떨어지지 않은 곳에서 론이 발가락을 채였을 때는 숨이 멎을 것 같았다. 하지만 다행히도, 론이 투덜거리는 바로 그 순간에 스네이프 교수가 재채기를 했으므로 들키지는 않았다. 그들은 오크문에 도달해 문을 열고 나왔을 때에야 비로소 한시름을 놓았다.

그날 밤은 맑았으며, 별들이 총총 떠 있었다. 그들은 급히 걸어가 불이 밝혀진 해그리드의 집 밖에서 망토를 벗었다.

노크를 하자마자, 문이 홱 열리더니 해그리드가 그들의 얼굴에 석궁을 겨냥했다. 멧돼지 사냥용인 팽이라는 큰 개가 그의 뒤에서 큰소리로 짖어댔다.

"오," 그가 석궁을 내리고 그들을 빤히 보며 말했다. "너희들 여기서 뭐하는 거니?"

"그건 무엇 때문에 갖고 있는 거죠?" 해리가 안으로 들어서면서 석궁을 가리키며 물었다.

"아무 것도 아냐… 아무 것도…." 해그리드가 중얼거렸다. "난 혹시… 신경 쓰지 말고… 앉아… 차 끓여줄게…."

그는 그러나 정신이 나간 사람처럼 내내 허둥대기만 했다. 그는 주전자 물을 엎지르는 바람에 불을 꺼뜨릴 뻔했는가 하면, 또 긴장해서 커다란 손을 덜덜 떨다가 찻주전자를 깨뜨리기까지 했다.

"괜찮아요, 해그리드?" 해리가 물었다. "헤르미온느 소식 들었어요?"

"어, 들었어, 그래." 해그리드가 약간 갈라지는 목소리로 말했다.

그는 계속해서 창문을 초조하게 흘끗흘끗 바라보았다. 그가 커다란 머그 잔에 끓는 물을 부어주고(그는 차 봉지를 넣는 걸 깜박 했다) 접시에 과일 케이크 한 조각을 놓으려고 할 때 큰소리로 문 두드리는 소리가 났다.

해그리드가 놀라 과일 케이크를 떨어뜨렸다. 해리와 론은 당황한 눈길을 교환한 뒤, 얼른 투명 망토를 다시 뒤집어쓰고 한쪽 구석으로 물러섰다. 해그리드는 그들이 잘 숨었는지를 살핀 뒤 석궁을 잡고 문을 홱 열었다.

"잘 있었나, 해그리드."

그건 덤블도어 교수였다. 그는 굉장히 심각한 얼굴로 안으로 들어왔고, 이어서 매우 이상하게 생긴 또 한 명의 남자가 따라 들어왔다.

그 낯선 사람은 헝클어진 잿빛 머리에 불안한 표정을 짓고 있었으며, 이상한 옷차림을 하고 있었다. 가는 세로줄 무늬가 있는 정장에 진홍색 넥타이, 그리고 긴 까만 망토에 뾰족한 보랏빛 부츠를 신고 있었다. 또 한쪽 겨드랑이에는 라임빛 나는 초록색 중산모자가 끼어져 있었다.

"저 사람은 아버지의 상관이셔!" 론이 속삭였다. "코넬리우스 퍼지, 마법부 장관이지!"

해리는 입을 다물게 하려고 론을 팔꿈치로 쿡 찔렀다.

해그리드는 얼굴이 창백해져서는 진땀을 뻘뻘 흘리고 있었다. 그는 한 의자에 무너지듯이 앉아 덤블도어 교수와 코넬리우스 퍼지 장관을 번갈아 바라보았다.

"나쁜 일이네, 해그리드." 퍼지 장관이 다소 짧게 끊어지는 듯한 어조로 말했다. "대단히 나쁜 일이야. 여기 오지 않으면 안되었네. 머글 태생들이 네 번이나 습격당했네. 사태가 걷잡을 수 없게 되었어. 그래서 마법부가 나서기로 했네."

"전 절대." 해그리드가 애원하는 듯한 표정으로 덤블도어 교수를 바라보며 말했다. "제가 안 그랬다는 걸 아시잖아요, 덤블도어 교수님—"

"해그리드는 저의 신임을 한껏 받고 있다는 점을 이해해주셨으면 합니다, 코넬리우스." 덤블도어 교수가 퍼지 장관에게 난색을 표하며 말했다.

"이것 보시오, 알버스." 퍼지 장관이 기분이 언짢은 듯이 말했다. "해그리드는 전력이 있어요. 마법부는 어떤 조치를 취해야만 합니다— 학교 이사들과 연락해봤는데—"

"다시 한번 말씀드리지만, 코넬리우스, 해그리드를 데려가는 건 조금도 도움이 되지 않을 겁니다." 덤블도어 교수가 말했다. 그의 파란 눈은 노기로 활활 타오르고 있었다. 해리는 그런 눈빛을 본 적이 없었다.

"내 입장도 좀 생각해 주시오." 퍼지 장관이 자신의 중산모자를 만지작거리며 말했다. "난 많은 압력을 받고 있어요. 무언가 했다는 걸 보여줘야만 해요. 만일 해그리드가 한 짓이 아닌 걸로 판명이 난다면, 그는 다시 돌아올 테니 더 이상 말하지 마시오. 하지만 지금으로선 난 그를 데려가야만 해요. 내 의무를 다하기 위해서는 어쩔 수 없어요—"

"절 데려간다구요?" 해그리드가 부들부들 떨며 말했다. "절 어디로 데려간다는 거죠?"

"그저 단기간 동안 감옥에 들어가는 것뿐이네." 퍼지 장관이 해그리드를 똑바로 쳐다보지 못하고 말했다. "형벌이 아니네, 해그리드, 그저 예방 조치일 뿐이지. 만약 다른 누군가가 잡히면, 자네는 충분한 보상을 받고 풀려날 거야…."

"아즈카반은 아니죠?" 해그리드가 쉰 목소리로 말했다.

퍼지 장관이 미처 대답하기도 전에, 또 한번 문 두드리는 소리가 났다.

덤블도어 교수가 문을 열었다. 이번엔 론이 해리의 갈비뼈를 팔꿈치로 쿡 찔렀다. 그가 너무나 놀란 나머지 헉 하는 소리를 냈던 것이다.

루시우스 말포이 씨가 길게 늘어진 까만 망토를 입고, 차갑고 흡족한 미소를 지으며 해그리드의 오두막 안으로 성큼성큼 걸어 들어왔다. 팽이 으르렁거리기 시작했다.

"벌써 와 계셨군요, 퍼지." 그가 만족스러운 듯이 말했다. "좋습니다, 좋아요…."

"여기엔 웬일이오?" 해그리드가 버럭 화를 내며 말했다. "내 집에서 당장 나가시오!"

"이보게, 나도 여기 이 안에 들어오는 게 전혀 유쾌하지 않다네 — 어 — 그런데 자네가 이걸 집이라고 했나?" 루시우스 말포이가 작은 오두막을 휘 둘러보며 코웃음을 쳤다. "난 그저 볼일이 있어서 학교를 찾아온 것뿐인데 교장 선생님께서 이곳에 계시다고 하길래 잠시 들른 것뿐이네."

"그런데 내게 정확히 뭘 원하는 거요, 루시우스?" 덤블도어 교수가 말했다. 그는 점잖게 말했지만, 그의 파란 눈에서는 여전히 노기가 활활 타오르고 있었다.

"무서운 일이오, 덤블도어." 말포이가 긴 양피지 두루마리를 꺼내며 빈들빈들 말했다. "하지만 이사들은 당신이 물러설 때라고 생각하고 있소. 이건 공식적인 정직 명령서요— 이 안에 열 두 명의 서명이 있소. 우린 당신이 시류에 뒤떨어지고 있는 게 아닌가 걱정하고 있소. 현재까지 습격이 몇 번이나 있었소? 오늘 오후에만도 두 명이 또 습격을 당했소, 안 그렇소? 이런 식으로 나가다간, 호그와트엔 머글 태생이 단 한 명도 남지 않을 것이오. 그렇게 되면 이 학교가 어떻게 되겠소?"

"자, 이것 보시오, 루시우스." 퍼지 장관이 불안해하는 표정으로 말했다. "덤블도어 교수가 정직되다니… 안돼요, 안돼… 지금 같은 상황에서 그렇게 하다니…."

"교장의 임명— 혹은 정직— 은 이사들의 문제요, 퍼지." 말포이 씨가 구변 좋게 말했다. "그리고 교장인 덤블도어 교수가 이들 습격을 막지 못했으니—"

"이것 보게, 말포이, 덤블도어 교수가 그것들을 막을 수 없다면," 퍼지 장관이 말했다. 그의 코밑에서는 이제 땀이 스며 나오고 있었다. "과연 누가 막을 수 있겠나?"

"그건 두고 봐야죠." 말포이 씨가 비열한 미소를 지으며 말했다. "하지만 우리 열두 명이 투표했을 때…."

해그리드가 벌떡 일어서자, 그의 텁수룩한 까만 머리가 천장을 살짝 스쳤다.

"그들이 동의하기까지 도대체 얼마나 많이 협박하고 공갈쳤소, 말포이, 어?" 그가 고함을 쳤다.

"이보게, 그렇게 성질을 부렸다간 조만간 곤란한 처지에 놓이게 될걸세, 해그리드." 말포이 씨가 말했다. "충고하는데, 아즈카반의 간수에게는 그런 식으로 소리치지 말게. 그들은 그걸 절대로 좋아하지 않을 테니까 말일세."

"당신은 덤블도어 교수를 데려갈 수 없어!" 해그리드가 버럭 소리를 지르자, 멧돼지 사냥용 큰 개인 팽이 바구니 속에서 몸을 움츠리고 낑낑거렸다. "그를 데려갔다가는 머글 태생들은 온전치 못할 거야! 다음 번엔 살인이 일어날 거라구!"

"진정하게, 해그리드." 덤블도어 교수가 날카롭게 말했다. 그는 루시우스 말포이를 바라보았다.

"만약 이사들이 나의 해임을 원한다면, 루시우스, 난 물론 물러나겠소—"

"하지만—" 퍼지 장관이 더듬거리며 말했다.

"안돼요!" 해그리드가 으르렁거렸다.

덤블도어 교수는 하늘빛 눈을 루시우스 말포이의 차가운 회색빛 눈에서 떼지 않았다.

"그러나." 덤블도어 교수가 모두가 똑똑히 알아들을 수 있도록 아주 천천히 그리고 명확하게 말했다. "난 이곳에서 단 한 사람도 날 좋아하지 않게 될 때만이 진정으로 이 학교를 떠날 것이오. 또한 도움을 요청하는 사람이 단 한 사람이라도 있다면 호그와트는 언제라도 도움을 받게 될 것이오."

잠시, 해리는 덤블도어 교수의 눈이 그와 론이 숨어있는 구석 쪽으로 휙 움직였다고 확신했다.

"감동적인 말씀이군요." 말포이 씨가 허리를 굽히며 말했다. "우리 모두 당신의— 어— 대단히 독특한 경영 방식을 그리워할 것이오, 알버스, 그리고 제발 당신의 후임자는 그 어떤—아— '살인'도 막을 수 있기를 바랄 뿐이오."

그리고는 그는 오두막 문으로 성큼성큼 걸어가 문을 열고 허리를 굽히고 덤블도어 교수를 나가게 했다. 퍼지 장관은 중산모자를 만지작거리며, 해그리드가 먼저 나가길 기다렸지만, 해그리드는 가만히 서서, 깊은 한숨을 내쉬고는, 조심스럽게 이렇게 말했다. "만약 누구든 뭘 좀 알아내고 싶다면, 거미들만 따라가면 돼. 그게 올바르게 안내해줄 테니까! 내가 말할 건 그것뿐이야."

퍼지 장관이 놀라서 그를 빤히 쳐다보았다.

"좋아, 난 간다." 해그리드가 두더지 가죽 코트를 입으며 말했다. 하지만 그는 퍼지 장관을 따라 문으로 나가려고 하다가, 다시 멈추고 큰소리로 이렇게 말했다. "그리고 내가 없는 동안 누군가가 팽을 돌봐줘야 할 거야."

문이 쾅 닫히자 론이 투명 망토를 벗었다.

"이제 큰일났어." 그가 쉰 목소리로 말했다. "덤블도어 교수도 없고. 그들은 차라리 오늘 밤 학교를 폐쇄하는 게 좋을 거야. 그가 없으면 습격이 하루에 한 번씩 일어날 거야."

팽이 소리를 길게 뽑으며 울부짖으며, 닫힌 문을 긁기 시작
했다.

제 **15**장

아라고그

여름의 기운이 정원을 지나 성으로 퍼져오고 있었다. 하늘과 호수는 모두 붉은 빛을 띤 청색으로 변했고, 온실에는 양배추 만한 커다란 꽃들이 활짝 피어났다. 그러나 성 창문에서 아무리 내려다보아도, 뒤를 졸졸 따라오는 팽과 함께 정원을 큰 걸음으로 걸어다니던 해그리드의 모습은 보이지 않았으므로, 해리는 마음이 무겁기만 했다. 하긴 성 내부에서 일어나는 일이라고 더 나을 것도 없었다. 일들이 잘못 돌아가고 있는 건 그곳도 마찬가지였다.

해리와 론은 헤르미온느를 병 문안 가고 싶었지만, 이제 병동에서는 방문객을 금하고 있었다.

"우리도 어쩔 수가 없구나." 폼프리 부인이 병동 문틈 새로 엄하게 말했다. "안돼, 미안하구나, 언제라도 그 습격자가 다시 와서 이 사람들을 끝장낼…"

덤블도어 교수가 가고 없게 되자, 전에 없이 불안감이 퍼져 나갔다. 이제 햇살은 더 이상 성안으로도 들어오지 않는 것 같았다. 걱정스러운 표정이나 긴장하는 표정을 짓지 않는 얼굴은 거의 찾아볼 수가 없었고, 복도에서 울리는 웃음소리는 하나같이 날카롭고 괴이하게 들렸으므로 웃었다가도 얼른 멈춰졌다.

해리는 덤블도어의 마지막 말을 끊임없이 되뇌었다. '난 이곳에서 단 한 사람도 날 좋아하지 않게 될 때만이 진정으로 이 학교를 떠날 것이오. 또한 도움을 요청하는 사람이 단 한 사람이라도 있다면 호그와트는 언제라도 도움을 받게 될 것이오.' 그러나 이런 말이 무슨 소용이란 말인가? 모두들 다 당황하고 겁을 먹고 있는데, 정확히 누구에게 도움을 요청해야 한다는 말인가?

해그리드가 남긴 거미들에 대한 암시가 이해하기는 훨씬 더 쉬웠다—문제는 성안에 따라갈 거미가 단 한 마리도 남아있지 않은 것 같다는 것이었다. 해리는 론의 도움을 받아(다소 마지못해하기는 했지만) 가는 곳마다 훑어보았다. 그들은 물론 혼자서 돌아다녀선 안 되며 성에서 이동할 때는 다른 그리핀도르 학생들과 무리를 지어 다녀야 한다는 사실 때문에 행동에 더욱 제약을 받았다. 다른 학생들 대부분은 교실을 옮겨

갈 때 선생님들의 안내를 받는다는 것을 기뻐하는 것 같았지만, 해리는 그게 몹시 싫었다.

그러나 한 사람만은 두려워하고 의심하는 그런 분위기를 철저히 즐기고 있는 것 같았다. 드레이코 말포이는 마치 자신이 학생회장으로 임명되기라도 한 것처럼 거들먹거리며 학교를 돌아다녔다. 해리는 그러나 덤블도어 교수와 해그리드가 떠나고 2주일 뒤에 있었던 마법의 약 수업 때까지 그가 무엇 때문에 그렇게 즐거워하는지 전혀 깨닫지 못했다.

해리는 마법의 약 수업시간 때 말포이 바로 뒤에 앉아 있다가 그가 크레이브와 고일를 자못 기분 좋은 듯이 바라보며 하는 말을 우연히 듣게 되었다.

"난 늘 덤블도어를 제거할 사람은 바로 아빠일 거라고 생각했어." 그가 굳이 목소리를 낮추려고 하지도 않으며 말했다. "아버지는 덤블도어가 우리 학교 사상 최악의 교장이라고 생각하신다고 내가 그랬잖아. 아마 이번엔 훌륭한 교장이 오실 거야. 비밀의 방이 닫히는 걸 바라지 않는 사람 말야. 맥고나걸 교수도 오래 가지 않을걸. 그녀는 그저 교장의 공석을 채우고 있을 뿐이…"

스네이프 교수가 헤르미온느의 빈자리와 냄비에 대해 한 마디 말없이, 해리 옆으로 휙 하고 지나갔다.

"선생님." 말포이가 큰소리로 말했다. "교장직에 지원해보시는 게 어떠세요?"

"자, 자, 말포이." 스네이프 교수는 좋아서 입이 찢어질 것 같았다. "덤블도어 교수는 이사들에 의해 잠시 정직되었을 뿐이란다. 그 분은 아마 곧 우리에게로 돌아오실 거야."

"그래요, 맞아요." 말포이가 능글맞게 웃으며 말했다. "하지만 선생님이 지원하시면 저희 아버지는 선생님께 표를 던지실 거예요— 제가 아버지께 선생님이 이곳에서 가장 훌륭하신 분이라고 말씀 드리겠어요…."

스네이프 교수는 지하 감옥을 휩쓸고 지나다니며 히죽히죽 웃고 있었으므로, 다행히 냄비에다 토하는 시늉을 하고 있는 시무스 피니간을 발견하지 못했다.

"잡종들이 아직까지도 모두 짐을 싸지 않았다는 게 놀라워." 말포이가 계속했다. "다음 녀석은 반드시 죽을 거야, 5갈레온을 걸겠어. 그게 그레인저가 아니었던 게 좀 유감이기는 하지만 말야…."

바로 그 순간에 종이 울렸던 건 정말 다행이었다. 말포이의 그 마지막 말이 떨어지기가 무섭게 론이 의자에서 뛰어 내렸었는데, 모두들 가방과 책들을 챙기느라 정신이 없어서, 그가 말포이를 잡으려고 하는 걸 아무도 눈치채지 못했다.

"저 녀석을 가만두지 않겠어." 해리와 딘이 팔을 잡자 론이 고함쳤다. "난 상관없어, 지팡이도 필요 없어, 저 녀석을 내 손으로 죽이고 말겠어—"

"어서들 서둘러라, 너희들을 모두 약초학 수업 받는 곳으로 데려다 주어야 하니까 말이다." 스네이프 교수가 학급 아이들 머리 위로 소리치자, 그들이 줄을 맞춰 걸어갔다. 하지만 그 뒤를 따라가는 동안에도 론은 여전히 해리와 딘에게 붙잡힌 팔을 빼내려고 했다. 성에서 나와 온실 쪽에 있는 채소밭에 다다랐을 때에야 겨우 론이 좀 진정되었으므로 놔줄 수 있었다.

약초학 수업은 분위기가 아주 침체되어 있었다. 함께 수업을 듣던 저스틴과 헤르미온느가 빠져 있었기 때문이었다.

스프라우트 교수는 그들 모두에게 아비니시아의 슈리벌피그 가지치는 일을 시켰다. 해리는 퇴비 더미 위에 시든 줄기를 한 아름 내려놓다가 어니 맥밀란과 얼굴이 마주치게 되었다. 어니는 한숨을 푹 쉬더니 아주 딱딱한 어투로 이렇게 말했다. "해리, 널 의심해서 미안해. 네가 헤르미온느 그레인저를 습격하지 않았다는 거 알아, 그리고 내가 지금까지 말했던 거 모두 사과할게. 우린 이제 모두 같은 배를 탄 거야, 그리고—"

그가 통통한 손을 내밀자, 해리는 악수를 했다.

어니와 그의 친구 한나는 해리와 론이 가지치고 있는 슈리벌피그에서 함께 작업했다.

"저 드레이코 말포이 녀석은," 어니가 죽은 가지를 꺾어 내며 말했다. "그 녀석은 이 모든 게 좋아 죽겠나봐, 안 그러니? 아무래도 난 그 녀석이 슬리데린의 후계자인 것 같아."

"너 참 똑똑하다." 론이 말했다. 그는 해리처럼 쉽게 어니를 용서하지 않는 것 같았다.

"너도 그게 말포이라고 생각하니, 해리?" 어니가 물었다.

"아니." 해리가 너무나 확고하게 말하자 어니와 한나가 빤히 바라보았다.

잠시 후, 해리의 눈에 무언가가 들어왔다.

커다란 거미 몇 마리가 맞은편 잔디밭 위로 허둥지둥 달아나고 있었는데, 마치 미리 예정된 모임에 참석하기 위해 가장 짧은 경로를 따라가기라도 하는 듯 이상하게 일직선으로 이동하고 있었다. 해리는 가지치는 가위로 론의 손을 툭 쳤다.

"아야! 왜 그―"

해리는 햇빛 때문에 눈을 찡그린 채, 거미들이 나아가는 곳을 가리켰다.

"정말이네." 론이 반가운 표정을 지으려다가 이내 울상이 되었다. "하지만 지금은 따라갈 수가 없잖아…."

어니와 한나가 호기심 가득한 얼굴로 그들의 말을 듣고 있었다.

해리는 눈을 가늘게 뜨고 거미들에게 초점을 맞췄다. 그것들이 만약 정해진 경로를 따라가는 것이라면, 어딘가에선 틀림없이 멈출 것이다.

"거미들은 금지된 숲으로 향하고 있는 것 같아…."

론은 그것이 아주 탐탁지 않은 것 같았다.

수업이 끝나자 스프라우트 교수가 학급 학생들을 어둠의 마법 방어법 교실까지 바래다주었다. 해리와 론은 자신들의 말소리가 들리지 않도록 다른 사람들 뒤에 처져서 걸었다.

"투명 망토를 다시 사용해야만 할 거야." 해리가 론에게 말했다. "팽을 데려가도 좋을 것 같아. 그 녀석은 해그리드와 자주 숲에 들어갔었잖아, 아마 도움이 될 거야."

"맞아." 론이 초조한 듯 요술지팡이를 손가락으로 빙빙 돌리며 말했다. "저— 그런데— 숲속에 늑대인간들은 없겠지?" 록허트 교수의 교실에서 평상시처럼 뒷자리에 앉으며 그가 덧붙였다.

그 질문에 대답하고 싶지 않았던지, 해리가 이렇게 말했다. "그곳에는 좋은 것들도 있어. 켄타우르스는 괜찮고, 유니콘도…"

론은 금지된 숲에 들어가 본 적이 없었다. 해리는 딱 한번 들어갔지만 다시는 그렇게 되지 않기를 바랐었다.

록허트 교수가 교실 안으로 기운차게 걸어 들어오자, 학생들의 눈이 모두 그에게로 쏠렸다. 호그와트의 다른 선생님들은 모두 예전과 달리 어두운 표정이었지만, 록허트 교수만은 전혀 달라진 것 없이 즐거워 보였다.

"자 여러분." 그가 얼굴 가득 미소를 지으며 외쳤다. "왜 모두들 시무룩한 거죠?"

아이들은 서로 화난 표정으로 바라보기만 할 뿐, 아무도 대답하지 않았다.

"아직 모르고 있는 건가요?" 그들이 전혀 알지 못하고 있기라도 한 듯 록허트 교수가 천천히 말했다. "위험스런 순간은 지나갔어요! 범인은 잡혀갔다구요—"

"누군데요?" 딘 토마스가 큰소리로 물었다.

"마법부 장관은 해그리드가 한 짓이라는 걸 100퍼센트 확신하지 않았다면 그를 잡아가지 않았을 거예요." 록허트 교수는

누군가에게 하나 더하기 하나는 둘이 된다는 걸 설명하는 투
로 말했다.

"그야 그랬겠죠." 론이 딘보다 훨씬 더 크게 말했다.

"내 자랑은 아니지만, 해그리드의 체포 건에 대해서는 내가
조금 더 자세히 알고 있어요, 위즐리 군." 록허트 교수가 독선
적인 어조로 말했다.

론은 그렇게 생각하지 않는다고 말하려고 했지만, 해리가 책
상 밑으로 그를 발로 세게 차는 바람에 말을 그만두었다.

"우린 거기에 없었던 걸로 해야 해, 기억해?" 해리가 비밀히
말했다. 그러나 록허트 교수의 넌더리나는 명랑함과, 은연중에
해그리드를 쓸모없는 사람이라고 말한 것과, 이제는 모든 게
끝난 것처럼 행동하는 것에 어찌나 화가 났던지, 해리는 '굴
귀신과 돌아다니기' 책을 그의 멍청한 얼굴로 홱 던져버리고
싶었다. 그러나 그는 꾹 참고, 론에게 '오늘 밤에 하자'라고 짧
게 휘갈겨 쓴 쪽지를 보내는 것으로 만족했다.

론은 그 쪽지를 읽고 나서 침을 꿀꺽 삼키고는, 평소에 헤르
미온느가 앉았던 빈자리를 슬쩍 바라보았다. 그리고는 마침내
결심을 굳혔는지 그가 고개를 끄덕였다.

요즈음 그리핀도르의 학생 휴게실에는 늘 사람들로 북적댔
는데, 그건 저녁 6시 이후에는 달리 갈 곳이 없었기 때문이었
다. 또한 할 얘깃거리도 많았으므로, 학생 휴게실에는 때로 자
정이 지나도록 아이들이 남아 있곤 했다.

해리는 저녁을 먹자마자 가방에서 투명 망토를 꺼내 학생 휴게실로 와서는, 저녁 내내 그것을 깔고 앉아 아이들이 다 기숙사 방으로 돌아갈 때를 기다렸다.

그러는 동안 프레드와 조지는 해리와 론에게 카드 게임을 몇 판 하자며 도전장을 냈고, 지니는 평상시 헤르미온느가 앉아 있던 의자에 앉아 침통한 얼굴로 그들을 지켜보고 있었다. 해리와 론은 그 게임을 빨리 끝내려고 계속해서 일부러 져주었지만, 그럼에도, 프레드와 조지와 지니는 자정이 훨씬 지나서야 비로소 자러 올라갔다.

해리와 론은 멀리서 두 기숙사의 방문이 닫히는 소리가 들릴 때까지 기다렸다가 망토를 뒤집어쓰고 초상화 구멍으로 기어나갔다.

모든 선생님들의 감시를 피해 성 밖으로 나가는 건 대단히 힘든 일이었다. 그들은 마침내 현관 안의 홀에 도달해 오크문의 잠금 장치를 연 뒤, 소리가 나지 않도록 문틈으로 살짝 비집고 나가, 달빛이 드리워진 정원으로 걸어나왔다.

"그런데 말야," 새까만 잔디밭 위를 걷고 있을 때 론이 불쑥 말했다. "숲속에 갔는데 따라갈 거미들이 하나도 없으면 어떡하지. 그 거미들은 그리로 가지 않았을지도 모르잖아. 그것들은 그저 아무 방향으로 이동하고 있었던 것 같았어, 하지만…"

그의 목소리가 예상했던 대로 점점 약해졌다.

그들은 해그리드의 집에 도착했다. 안에 아무도 없어서인지

집은 쓸쓸하고 초라해 보였다. 해리가 문을 밀어서 열자, 팽이 그들을 보고 좋아서 미친 듯이 날뛰었다. 팽이 갑작스레 짖어서 성에 있는 사람들을 모두 깨울까봐, 녀석에게 부리나케 벽난로 위의 선반에 있는 깡통 당밀 퍼지를 먹이자, 그의 이빨이 쩍 들러붙었다.

해리는 투명 망토를 해그리드의 탁자 위에 올려놓았다. 칠흑같이 어두운 숲속에서는 굳이 그게 필요하지 않을 것 같았기 때문이었다.

"이것 봐, 팽, 우린 산책 나갈 거야." 해리가 개의 다리를 쓰다듬으며 말하자, 팽이 좋아라고 그들 뒤를 쫓아 집 밖으로 튀어나가 숲 언저리로 쏜살같이 달려가더니, 커다란 단풍나무에다 대고 한쪽 다리를 들어올렸다.

해리가 요술지팡이를 꺼내 "루모스!"라고 중얼거리자 그 끝에, 그들이 그 오솔길에서 거미들을 찾을 수 있기에 딱 적당한 밝기의 아주 작은 불빛이 나타났다.

"잘했어." 론이 말했다. "나도 그렇게 하고 싶지만, 너도 알다시피— 그랬다간 어쩌면 폭파하거나 뭐 그렇게 될지 몰라서 말야…"

해리가 잔디밭을 가리키며 론의 어깨를 툭 쳤다. 거미 두 마리가 요술지팡이 불빛을 피해 황급히 나무 그늘 쪽으로 달아나고 있었다.

"좋았어." 론이 마치 최악의 상황에 내버려지기라도 한 듯 한숨을 지으며 말했다. "난 준비됐어. 가자."

그들은 숲속으로 들어갔다. 팽은 이리저리 뛰어다니며 킁킁거리며 나무 뿌리나 나뭇잎 냄새를 맡았다. 그들은 지팡이 불빛을 이용해, 오솔길을 따라 조금씩 꾸준히 이동하는 거미들을 쫓아갔다. 그들은 나뭇가지 부러지는 소리나 나뭇잎이 살랑대는 소리 말고 혹시 다른 소리가 들리지 않을까 잔뜩 긴장하면서, 약 20분 정도 그 거미 뒤를 아무 말 없이 쫓아갔다. 그 뒤, 나무들이 너무 울창해서, 머리 위의 별들은 더 이상 보이지 않고, 해리의 지팡이 불빛만이 희미하게 어두운 숲을 밝히고 있을 때, 거미들이 오솔길을 벗어나는 게 보였다.

해리는 그 거미들이 어디로 가는지 보려고 멈춰 섰지만, 자신의 발밑 부근의 동그란 불빛 말고는 주위가 완전히 새까매서 전혀 알 수 없었다. 그는 숲에 이렇게 까지 깊숙이 들어와 본 적이 없었다. 그는 지난번에 여기에 왔을 때 숲 오솔길을 떠나지 말라던 해그리드의 충고가 생생히 기억났다. 그러나 해그리드는 이제 멀리 떨어져 있었다. 어쩌면 아즈카반의 감옥에 앉아있을지도 모르지만, 그는 또 거미들을 따라가라는 말을 남기고 떠났었다.

무언가 축축한 것이 손에 닿자 해리가 깜짝 놀라 뒤로 물러서다가 론의 발을 밟았는데, 그건 그저 팽의 코였다.

"어떻게 생각하니?" 해리가 론에게 물었다. 그는 자신의 지팡이에서 나온 불빛으로, 간신히 론의 눈을 알아볼 수 있었다.

"여기까지 왔는데 이젠 어쩔 수 없잖아." 론이 말했다.

그들은 급히 움직이는 거미들의 그림자를 따라 더 깊숙이

들어갔다. 그러나 이젠 그렇게 빨리 움직일 수도 없었다. 나무 뿌리와 그루터기들이 자꾸 발에 걸렸기 때문이었다. 해리는 손에 닿는 팽의 뜨거운 입김을 느낄 수 있었다. 그들은 몇 차례인가 멈춰서, 웅크리고 앉아 지팡이 불빛으로 거미들을 찾아야 했다.

적어도 30분쯤은 걸은 것 같았다. 낮게 늘어진 나뭇가지와 가시나무에 걸려 망토가 찢어졌다. 한참 가자 숲은 어느 때보다 울창했지만 지면이 약간 내리막길로 변한 것 같았다.

그 때 팽이 갑자기 쩌렁쩌렁 울리게 큰소리로 짖어대는 바람에, 해리와 론은 화들짝 놀랐다.

"뭔데?" 론이 해리의 팔꿈치를 꼭 잡은 채 새까만 어둠 속을 휘 둘러보며 큰소리로 물었다.

"저기에서 뭔가가 움직였어." 해리가 속삭이듯이 말했다. "들어봐… 뭔가 커다란 것처럼 들려…"

그들은 귀를 기울였다. 오른쪽 저만치에서, 뭔가 커다란 것이 나무들 사이를 헤치면서 다가오고 있었다.

"이런." 론이 말했다. "이럴 수가, 설마, 끔—"

"조용히 해." 해리가 극도로 흥분해서 말했다. "소리 듣겠어."

"내 소릴 듣는다구?" 론이 이상하게 높은 목소리로 말했다. "그건 이미 팽이 짖는 소리를 들었어!"

그들은 칠흑 같은 어둠 속에서 두려움에 떨며 꼼짝 않고 서 있었다. 이상하게 나직이 우르르거리는 소리가 나더니 갑자기 조용해졌다.

"그게 뭘 하고 있는 거지?" 해리가 물었다.

"덤벼들 준비 하고 있겠지." 론이 말했다.

그들은 감히 움직이지도 못하고, 벌벌 떨면서 기다렸다.

"가버린 걸까?" 해리가 속삭였다.

"몰라—"

그 때, 오른쪽에서, 갑자기 밝은 불빛이 확 타올랐으므로 두 사람 모두 얼른 손을 올려 눈을 가렸다. 팽은 깽깽거리며 달아나려고 하다가, 가시나무들 사이에 갇히자 훨씬 더 크게 깽깽거렸다.

"해리!" 론이 안도한 나머지 갈라진 목소리로 소리쳤다. "해리, 저건 우리 차야!"

"뭐라구?"

"어서!"

해리가 발부리에 걸려 넘어지면서 론을 따라 그 불빛 쪽으로 머뭇머뭇 걸어가자 잠시 뒤 공터가 나왔다.

위즐리 씨의 차가 울창한 숲 한가운데에서 나뭇가지들로 잔뜩 덮인 채로 헤드라이트를 환히 켜고 서 있었다. 론이 얼이 빠져서 입을 헤 벌린 채로 차 쪽으로 걸어가자, 그 차가 마치 주인을 맞기라도 하는 듯이, 천천히 그에게로 움직였다.

"그게 내내 여기에 있었나봐!" 론이 차 주위로 걸어가며 좋아서 말했다. "이것 좀 봐. 숲속에 있는 동안 엉망이 되어버렸어…."

차 옆구리가 여기저기 긁혀 있었을 뿐만 아니라 온통 진흙

투성이였다. 그게 혼자서 숲을 굴러다녔던 게 분명했다. 팽은 그 차에는 전혀 관심이 있는 것 같지 않았다. 녀석은 계속해서 해리 옆에 꼭 붙어 있었는데, 해리는 녀석이 떨고 있는 걸 느낄 수 있었다. 다소 숨을 돌리자, 해리가 지팡이를 다시 망토 속으로 쑤셔 넣었다.

"이게 우릴 습격할 거라고 생각했다니!" 론이 차에 기대어 톡톡 치며 말했다. "난 또 이게 어디로 갔나 했지!"

해리는 더 많은 거미들이 있나 보려고 밝은 불빛이 비추는 땅을 흘끗 바라보았지만, 거미들은 이미 눈부신 헤드라이트 불빛을 피해 달아나고 없었다.

"어디로 갔는지 모르겠어." 그가 말했다. "어서, 가서 찾아보자."

론은 아무 말도 하지 않았다. 그는 움직이지도 않았다. 그의 눈은 해리 뒤쪽으로 3미터쯤 떨어진 바닥의 어떤 점에 고정되어 있었다. 그의 얼굴은 공포로 납빛이 되어 있었다.

그런데 딸깍거리는 커다란 소리가 나더니, 해리가 미처 돌아서기도 전에 길다란 털투성이인 무언가가 그의 몸통을 잡고 그를 땅에서 번쩍 들어올렸다. 그는 거꾸로 대롱대롱 매달려 있었다. 겁에 질려 몸부림치는 사이 딸깍거리는 소리가 더 많이 들렸고, 론의 다리 역시 땅에서 떨어지는 게 보였다. 낑낑거리며 소리를 길게 뽑으며 짖고 있던 팽은 어느새 어두운 숲속으로 내몰리고 있었다.

해리는 매달린 채로, 자신을 잡고 있는 괴물이 엄청나게 긴 여섯 개의 털투성이 다리로 걸어가고 있으며, 앞다리 두 개가 그를 번득이는 한 쌍의 까만 집게발로 꽉 움켜쥐고 있는 걸 보았다. 뒤에서는 그런 동물 또 하나가 걸어오는 소리가 들렸다. 그것은 론을 잡고 있을 게 분명했다. 팽이 세 번째의 괴물에게서 벗어나려고 몸부림치며, 큰소리로 낑낑거리는 소리가 들렸지만, 해리는 소리치고 싶어도 소리칠 수가 없었다. 마치 공터에 있는 차에 목소리를 두고 온 듯 소리가 나오지 않았다.

그 동물에게 얼마나 오랫동안 잡혀있었는지 알 수 없었다. 그런데 얼마쯤 가자 갑자기 어둠이 걷히면서 온통 나뭇잎으로 뒤덮인 땅에 거미들이 우글거리고 있는 게 보였다. 괴물들이 나무가 하나도 없는 거대한 분지에 도달해 있었다. 하늘에서는 여전히 별들이 밝게 빛나고 있었음에도 불구하고, 지상에서는 지금까지 한번도 본 적이 없는 끔찍한 광경이 벌어지고 있었다.

거미들. 그러나 발밑에 있는 나뭇잎들 위로 떼지어 몰려오는 것들처럼 작은 거미가 아니었다. 짐마차를 끄는 말 정도 크기에, 여덟 개의 눈과, 여덟 개의 다리, 털투성이인 거대한 까만 색의 거미였다. 해리를 들고 있는 거대한 괴물이 가파른 내리막길을 내려가 우묵한 분지 한가운데 있는 어렴풋한, 반구형의 거미줄로 향하는 동안, 다른 괴물들은 친구 거미가 들고 있는 것을 보고 흥분해서 집게발을 딸깍거리며, 그 주위로 다가왔다.

그 거미가 놓아주자 해리는 땅바닥으로 철퍼덕 떨어졌다. 론과 팽도 옆에 털썩 떨어졌다. 팽은 더 이상 울부짖지 않고, 떨어진 자리에서 조용히 몸을 움츠렸다. 론도 해리처럼 겁에 질려있는 것 같았다. 입은 소리도 나오지 않는 비명으로 헤벌어져 있었고 눈알은 튀어나올 것 같았다.

해리는 갑자기 자신을 떨어뜨린 그 거미가 뭐라고 말하고 있다는 걸 알았다. 분간하기가 어려웠던 것은, 그 괴물이 한마디 말할 때마다 집게발을 딸깍거렸기 때문이었다.

"아라고그!" 그게 소리쳤다. "아라고그!"

그러자 그 희미한 반구형의 거미줄 한가운데서, 작은 코끼리만한 거미 한 마리가 아주 천천히 나타났다. 그 거미의 까만 몸통과 다리에는 약간 회색빛이 돌았고, 추하게 생긴 머리에 달린 눈들은 우윳빛 흰색이었다. 그 거미는 장님이었다.

"저게 뭐지?" 그 거미가 집게발들을 재빠르게 딸깍거리며 말했다.

"사람들." 해리를 잡았던 거미가 딸깍거렸다.

"해그리드야?" 아라고그가 여덟 개의 우윳빛 눈으로 막연히 두리번거리면서 더 가까이 다가오며 말했다.

"모르는 사람들." 론을 데려온 거미가 딸깍거렸다.

"죽여버려." 아라고그가 버럭 화를 내며 딸깍거렸다. "잠자고 있었는데…"

"우린 해그리드의 친구예요." 해리가 큰소리로 말했다. 심장이 쿵쾅쿵쾅 뛰었다.

딸깍, 딸깍, 딸깍. 분지 여기저기서 거미들의 집게발이 딸깍거렸다.

아라고그가 멈췄다.

"해그리드는 우리의 분지로 사람들을 보낸 적이 없어." 그가 천천히 말했다.

"해그리드는 잡혀갔어요." 해리가 가쁘게 숨쉬며 말했다. "우리가 온 건 바로 그것 때문이에요."

"잡혀갔다구?" 늙은 거미가 이렇게 말했을 때, 해리는 딸깍거리는 집게발 바로 밑에서 걱정하는 소리가 들렸다고 생각했다. "그런데 그가 왜 너희들을 보냈지?"

해리는 일어날까 생각했지만 그러지 않기로 했다. 다리가 몸을 지탱하고 서 있을 것 같지 않았기 때문이었다. 그는 땅바닥에 앉은 채로 될 수 있는 대로 태연하게 말했다.

"저 위 학교에 있는 사람들은, 해그리드가 학생들에게—어— 어— 무슨 짓을 했다고 생각해요. 그들은 그를 아즈카반으로 데려갔어요."

아라고그가 집게발들을 미친 듯이 딸깍거리자, 분지 여기저기에 있는 많은 거미들이 그 소리를 똑같이 흉내냈다. 마치 박수갈채를 듣는 것 같았다. 그러나 그 소리는 해리를 소름끼치게 했다.

"하지만 그건 오래 전이었어." 아라고그가 화를 내며 말했다. "아주 아주 오래 전에. 난 똑똑히 기억해. 그가 학교를 떠난 건 바로 그것 때문이었지. 그들은 비밀의 방에 살고 있는 괴물이 바로 나라고 믿었어. 그들은 해그리드가 그 방을 열어서 날 놓아주었다고 생각했어."

"그럼 당신은… 당신은 비밀의 방에서 나오지 않았나요?" 해리가 이마에 식은땀이 흐르는 걸 느끼며 말했다.

"내가!" 아라고그가 화가 나서 딸깍거리며 말했다. "난 성에서 태어나지 않았어. 난 먼 이국 땅에서 왔어. 내가 알이었을 때 어떤 여행자가 날 해그리드에게 주었지. 해그리드는 어린 소년에 불과했지만, 날 성안에 있는 벽장 속에 감춰두고, 식탁에서 먹다 남은 것들을 먹이며 보살펴 주었지. 해그리드는 나의 좋은 친구야, 좋은 사람이지. 내가 발견되어서, 어떤 여자아이를 죽였다고 비난받았을 때, 그는 날 보호해 주었어. 난 그 이후 죽 이곳에 살았고, 해그리드는 여전히 가끔씩 날 찾아오지. 그는 심지어 내게 아내 모삭을 찾아주기까지 했어. 우리 가족이 얼마나 불어났는지 봐, 모두가 다 해그리드 덕이야…."

해리는 용기를 냈다.

"그러니까 당신은 절대로— 절대로 아무도 습격하지 않았다는 거죠?"

"그래." 늙은 거미가 쉰 목소리로 말했다. "그게 나의 본능이었겠지만, 해그리드를 존경해서, 사람에게는 절대로 해를 끼치지 않았어. 살해당한 여자아이의 시체는 화장실에서 발견되었어. 난 내가 자라난 벽장 말고는 성의 어디에도 가보지 못했어. 우리의 동족은 어둡고 조용한 곳을 좋아해…."

"하지만 그러면… 무엇이 그 여자아이를 죽였는지 아세요?" 해리가 물었다. "왜냐하면 무엇인지는 모르지만, 그게 다시 돌아와 사람들을 죽이고 있거든요—"

갑자기 시끄럽게 딸깍거리는 집게발 소리와 많은 긴 다리들이 화가 나서 급히 움직이는 소리 때문에 그의 말이 들리지 않았다. 커다란 검은 형체들이 사방에서 그에게로 이동했다.

"성안에 살고 있는 건," 아라고그가 말했다. "우리 거미들이 무엇보다도 두려워하는 고대 생물이야. 내가 해그리드에게 그렇게 풀어달라고 간청했던 건, 바로 그 짐승이 학교를 돌아다니고 있다는 걸 감지했기 때문이야."

"그게 뭔데요?" 해리가 다급히 물었다.

딸깍거리는 소리와 급히 움직이는 소리가 더 시끄럽게 들렸다. 거미들이 가까워지고 있는 것 같았다.

"우린 말 못해!" 아라고그가 사납게 말했다. "우린 그 이름을 댈 수 없어! 난 심지어 해그리드에게조차 저 끔찍한 생물의 이름을 말하지 않았어. 그가 여러 차례 물었는데도 말야."

해리는 그러나 거미들이 사방에서 집요하게 다가오고 있었기 때문에 그 대답을 더 이상 재촉할 수가 없었다. 아라고그는 말하는 데 싫증이 난 것 같았다. 그는 천천히 반구형 거미줄 안으로 물러나고 있었지만, 그의 동료 거미들은 계속해서 서서히 해리와 론에게로 다가왔다.

"그럼 우린 갈게요." 해리가 아라고그 뒤에서 나뭇잎들이 살랑대는 소리를 들으며, 그에게 필사적으로 소리쳤다.

"간다구?" 아라고그가 느릿느릿 말했다. "그건 안될 것 같…"

"하지만— 하지만—"

"내 아들과 딸들은 내 명령 때문에 해그리드를 해치지 않아. 하지만 난 이렇게 자진해서 우리에게로 온 신선한 날고기까지 먹지 말라고 할 수는 없어. 잘 가게, 해그리드 친구."

해리는 현기증이 났다. 바로 앞에, 그보다 훨씬 큰, 단단한 거미들의 장벽이, 불쾌하게 생긴 까만 머리에 난 여러 개의 눈을 번득이며 딸깍거리고 있었다.

해리가 그것들의 수가 너무 많아서 아무 소용이 없다는 걸 알면서도, 죽도록 싸울 결심을 하고, 요술지팡이로 손을 뻗고 일어섰을 때, 시끄러운 소리가 길게 지속되더니, 밝은 불빛이 분지를 이글이글 타오르게 했다.

위즐리 씨의 차가 헤드라이트를 훤하게 켜고, 삑삑 경적을 울리면서, 우레 같은 소리를 내면서 내리막길을 내려오며, 거미들을 쳐서 나동그라지게 했다. 몇 마리는 벌렁 뒤집혀져서, 수많은 다리를 공중으로 쳐들고 허우적대고 있었다. 차가 끽하며 해리와 론 앞에 멈추더니 문이 홱 열렸다.

"팽을 데려와!" 해리가 앞좌석으로 펄쩍 뛰어오르며 소리쳤다. 론이 한가운데에서 깽깽거리는 사냥개를 잡아 차 뒷좌석으로 던졌다— 문이 쾅 닫혔다— 론이 액셀러레이터를 건드리지도 않았는데 엔진이 포효하는 듯 요란한 소리를 내더니 출발하며 거미들을 몇 마리 더 쳐서 넘어뜨렸다. 그들은 오르막길을 전속력으로 올라가, 분지에서 나온 뒤, 굉장한 소리를 내며 숲속을 달렸다. 차가 그 길을 훤히 다 알고 있기라도 한 듯 가장 넓은 길로만 교묘하게 굽이굽이 나아가는 동안 나뭇가지들이 차창에 부딪혔다.

해리는 론을 흘끗 바라보았다. 그의 입은 여전히 비명을 지르기라도 하는 듯 헤벌어져 있었지만, 눈빛은 조금 괜찮아진 것 같았다.

"괜찮니?"

론은 말은 하지 않고 멍하니 앞만 바라보았다.

차가 마구 덤불을 헤치고 나아가고 있을 때, 팽이 뒷좌석에 앉아 소리를 길게 뽑으며 시끄럽게 짖어대고 있었다. 차가 커다란 오크 나무 옆으로 비집고 들어갈 때 사이드미러가 툭 부러져 나갔다. 그리고 10분 정도 요란하게 흔들흔들하더니 나무들이 점점 드문드문해졌고, 다시 하늘이 조금 보였다.

그런데 차가 갑자기 서는 바람에 몸이 앞으로 확 쏠렸다. 그들은 어느새 숲 언저리에 와 있었다. 팽이 몹시 나가고 싶은지 얼른 창가로 갔고, 해리가 문을 열어주자, 꼬리를 다리 사이에 낀 채 쏜살같이 해그리드의 집으로 달려갔다.

해리가 차에서 내리자, 론도 팔다리에 감각이 되돌아온 듯 따라 내렸다. 하지만 멍한 표정과 뻣뻣한 목은 여전했다. 해리가 감사의 표시로 가볍게 치자 차는 후진으로 숲속으로 들어가더니 사라졌다.

해리는 투명 망토를 가지러 해그리드의 오두막으로 들어갔다. 팽은 녀석의 바구니에 있는 담요 밑에서 부들부들 떨고 있었다. 해리가 다시 밖으로 나오자, 론이 호박밭에서 심하게 토하고 있었다.

"거미들을 따라가라니." 론이 소매로 입을 닦으며 힘없이 말했다. "난 해그리드를 절대 용서 못해. 살아난 건 기적이었어."

"아저씨는 아라고그가 자신의 친구들을 해치지 않을 거라고 생각했을 거야." 해리가 말했다.

"그게 바로 해그리드의 문제야!" 론이 오두막 벽을 쾅쾅 치며 말했다. "해그리드는 언제나 괴물들이 겉으로 보이는 것만큼 나쁘지 않다고 생각하잖아. 그렇게 해서 자신이 어떻게 되었는지 봐! 아즈카반의 감옥 속에 있잖아!" 그는 이제 더 심하게 떨고 있었다. "우리를 저 안에 보낸 목적이 도대체 뭐냐구? 우리가 뭘 알아냈느냔 말야?"

"해그리드는 비밀의 방을 열지 않았다는 것이지." 해리가 론의 몸에 망토를 씌우고 그가 걸을 수 있도록 팔을 잡아 부축하며 말했다. "해그리드는 아무 죄가 없었어."

론이 휭 하고 코방귀를 뀌었다. 아라고그를 벽장 속에서 부화시킨 것만으로도 분명 죄가 전혀 없다고 할 수 없었기 때문이었다.

성이 눈앞에 어렴풋이 나타나자 해리는 발이 확실히 감춰지도록 망토를 잡아당긴 뒤, 삐걱거리는 문을 살짝 밀어 조금 열었다. 그들은 조심스럽게 현관 안의 홀을 지나 숨을 죽이고 대리석 계단 위로 올라가 경계 근무중인 보초들이 걸어다니고 있는 복도들을 지나쳤다. 그리고 마침내 안전한 그리핀도르의 학생 휴게실에 도착했다. 벽난로에는 불이 다 타고 시꺼먼 재

만 남아 있었다. 그들은 망토를 벗고 꾸불꾸불한 계단을 올라
가 기숙사로 들어갔다.

론은 옷을 벗지도 않고 침대 위로 픽 쓰러졌다. 해리는 그러
나 그다지 졸립지가 않았다. 그는 침대 가장자리에 앉아, 아라
고그가 했던 말들을 곰곰이 생각했다.

성 어딘가에 숨어있는 생물은 볼드모트 같은 종류의 괴물인
것 같았다. 심지어 다른 괴물들도 그 이름을 대고 싶어하지 않
았으니 말이다. 해리와 론은 그게 무엇인지도, 그것이 어떻게
그 희생자들을 돌처럼 굳어지게 했는지도 전혀 알아내지 못했
다. 해그리드조차 비밀의 방 안에 무엇이 있는지 알지 못했었다.

해리는 다리를 침대 위로 들어올리고 베개를 베고 벌렁 드
러누워, 높은 창문으로 새어드는 달빛을 바라보았다.

이제 더 이상 무엇을 할 수 있을지 알 수 없었다. 그들은 사
방이 막힌 막다른 골목에 들어와 있었다. 리들은 엉뚱한 사람
을 잡았고, 슬리데린의 후계자는 형벌을 모면했다. 그리고 이
번에 비밀의 방을 연 사람이 예전의 그 사람인지 아니면 다른
사람인지 아무도 알지 못했다. 이제 물어볼 사람도 없었다. 해
리는 누워서, 여전히 아라고그가 했던 말을 생각했다.

막 졸음이 오기 시작했을 때 마지막 남은 희망 같은 생각이
문득 떠올랐다. 그는 벌떡 일어나 앉았다.

"론." 그가 어둠 속에서 작은 소리로 불렀다. "론—"

론이 팽처럼 낑낑거리며 깨더니, 미친 듯이 주위를 둘러보다
가, 해리를 보았다.

"론— 죽은 그 여자 애 말야. 아라고그가 그 애가 화장실에서 발견되었다고 했잖아." 해리가 한쪽 구석에서 들리는 네빌의 코 고는 소리에도 아랑곳하지 않고 말했다. "그 애가 만약 화장실을 한번도 떠나지 않았다면? 그 애가 만약 아직도 그곳에 있다면?"

론이 달빛에 얼굴을 찡그리며 눈을 비볐다. 그리고 그 역시 그 말뜻을 이해했다.

"설마— 모우닝 머틀?"

제 *16*장

비밀의 방

"**우**린 그 화장실에 내내 있었잖아, 세 칸밖에 떨어져 있지 않았는데." 론이 다음날 아침을 먹으며 너무나 아쉽다는 듯 말했다. "그 애에게 물어볼 수도 있었는데, 이제…."

거미들을 찾아다니는 것은 힘든 일이었다. 하지만 선생님들을 피해 여자 화장실에, 더욱이 첫 번째 습격 현장 바로 옆에 있는 그 여자 화장실에 충분히 오랫동안 몰래 숨어 들어가 있기란 거의 불가능할 것이었다.

그러나 1교시인 변신술 수업 시간에 몇 주일 만에 처음으로 비밀의 방 생각을 싹 잊어버리게 하는 일이 발생했다. 수업이 시작되고 10분쯤 뒤, 맥고나걸 교수가 오늘부터 일주일 후인 6

월 1일부터 시험을 보겠다고 말했던 것이다.

"*시험이오?*" 시무스 피니간이 전혀 뜻밖이라는 듯 악을 쓰며 말했다. "요즘 같은 시기에 시험을 꼭 봐야 하나요?"

해리 뒤에서 쾅 하는 시끄러운 소리가 났다. 네빌 롱바텀의 요술지팡이가 옆으로 스르르 넘어지면서, 책상다리 하나를 없어지게 했던 것이다. 맥고나걸 교수가 요술지팡이를 한번 휙 휘둘러 책상다리를 다시 복구하고는 시무스에게 돌아서서 눈살을 찌푸렸다.

"이런 시기에 학교를 계속 개방하는 이유는 여러분들이 끊임없이 교육을 받을 수 있게 하기 위한 것입니다." 그녀가 엄하게 말했다. "그러므로 시험은 예정대로 실시될 것이며, 여러분 모두 열심히 공부하리라 믿습니다."

열심히 공부하라니! 해리는 학교가 이 지경인데 시험을 보리라고는 꿈에도 생각지 못했었다. 교실 여기저기서 불평 불만의 소리가 쏟아져 나오자, 맥고나걸 교수가 훨씬 더 험악한 표정으로 노려보았다.

"학교를 가능한 한 정상적으로 계속 운영하라는 덤블도어 교수의 지시가 있으셨어요." 그녀가 말했다. "그리고 이번 시험은 내가 굳이 지적할 필요는 없겠지만, 여러분들이 금년에 얼마나 많이 배웠는지 스스로 진단해 보자는 의미일 것입니다."

해리는 슬리퍼로 변신시켜야 할 한 쌍의 하얀 토끼를 내려다보았다. 금년에는 지금까지 뭘 배웠지? 그는 시험에 도움이 될만한 게 하나도 생각나지 않는 것 같았다.

론은 꼭 저 무시무시한 금지된 숲으로 가서 살라는 말을 들은 것 같은 표정을 짓고 있었다.

"내가 이걸로 시험을 볼 수 있을까?" 론이 막 시끄럽게 호각 소리를 냈던 요술지팡이를 들어올리며 해리에게 물었다.

첫 번째 시험이 시작되기 사흘 전, 맥고나걸 교수가 아침 식사 시간에 또 다른 발표를 했다.

"좋은 소식이 있습니다." 그녀가 이렇게 말하자, 연회장이 오히려 더 소란스러워졌다.

"덤블도어 교수가 돌아오나봐!" 몇 명이 기뻐서 소리쳤다.

"슬리데린의 후계자를 잡으셨군요!" 래번클로 테이블에서 어떤 여자아이가 말했다.

"퀴디치 시합이 다시 시작된 거죠!" 우드가 흥분해서 큰소리로 말했다.

소란이 좀 가라앉자, 맥고나걸 교수가 말했다. "마침내 맨드레이크들을 자를 때가 되었다고 스프라우트 교수께서 말씀하셨습니다. 오늘 밤, 우린 돌처럼 변해버린 친구들을 우리 곁으로 되돌아오게 할 수 있을 것입니다. 그들 중 한 명쯤은 누가, 아니 무엇이 그들을 습격했는지 말해줄 수 있을지도 모릅니다. 이 끔찍한 해가 끝나기 전에 꼭 범인을 잡게 되길 바랍니다."

우레와 같은 함성이 터져 나왔다. 슬리데린 테이블을 넘겨다

보자 드레이코 말포이가 예상했던 대로 그런 분위기에 어울리지 못하고 심드렁한 표정으로 앉아있었다. 론은 그러나 근래 들어 더 없이 기쁜 표정을 짓고 있었다.

"그럼, 이제 머틀에게 물어보지 않아도 괜찮겠네!" 그가 해리에게 말했다. "헤르미온느가 깨어나기만 하면 모든 걸 알게 될 거야! 그 앤 3일 뒤 시험을 본다는 걸 알면 아마 죽으려고 할 거야. 공부를 하나도 못했잖아. 어쩌면 시험이 끝날 때까지 그대로 내버려두는 게 그 애를 더 도와주는 일인지도 몰라."

바로 그때, 지니 위즐리가 다가와서 론 옆에 앉았다. 그녀는 긴장하고 초조해 보였다. 해리는 그녀가 손을 무릎에 놓고 비비틀고 있다는 걸 알아챘다.

"무슨 일이니?" 론이 포리지를 더 덜어 먹으면서 말했다.

지니는 아무 말도 하지 않았지만, 겁에 질린 표정으로 그리핀도르 테이블을 흘끗흘끗 바라보았다. 해리는 지니의 표정이 딱히 누구라고는 꼬집어 말할 수 없었지만, 막연히 어느 누군가와 닮았다는 느낌이 들었다.

"말해." 론이 그녀를 쳐다보며 말했다.

해리는 갑자기 지니가 누구의 모습과 닮았는지 깨달았다. 그녀는 도비가, 해서는 안될 말을 털어놓는 순간에 망설이면서 의자에서 몸을 약간 앞뒤로 흔들고 있는 모습과 똑같았다.

"말할 게 있어." 지니가 해리를 바라보지 않으려고 조심하며 작은 소리로 웅얼웅얼 말했다.

"무슨 얘긴데?" 해리가 물었다.

지니는 적절한 단어를 찾지 못하고 있는 것 같았다.

"뭔데?" 론이 물었다.

지니는 입을 열었지만, 아무 소리도 나오지 않았다. 해리는 상체를 앞으로 숙여 지니와 론만이 들을 수 있도록 조용히 말했다.

"비밀의 방에 관한 거니? 뭔가 보았어? 누군가가 이상하게 행동하는 거?"

그런데 지니가 숨을 한번 크게 들이마시는 순간, 퍼시 위즐리가 지치고 창백한 표정으로 나타났다.

"너 다 먹었으면, 나 좀 앉게 비켜, 지니. 배고파 죽겠어, 막 순찰 돌고 오는 길이야."

지니가 마치 의자에 전기가 통하기라도 한 듯 벌떡 일어나 겁먹은 표정으로 퍼시를 흘끗 바라보고는 급히 달아났다. 퍼시가 앉더니 테이블 한가운데서 머그 잔 하나를 잡았다.

"퍼시 형!" 론이 화가 나서 말했다. "그 애가 막 우리에게 뭔가 중요한 말을 하려고 했었단 말야!"

차를 쭉 들이켜던 퍼시가 캑캑거렸다.

"무슨 말인데?" 그가 기침을 하며 말했다.

"내가 그 애에게 뭐 이상한 거 보았느냐고 그랬더니, 그 애가 막 말 하려던 참이었―"

"아― 그건― 그건 비밀의 방과는 아무 관계없어." 퍼시가 그의 말이 떨어지기가 무섭게 말했다.

"어떻게 알아?" 론이 눈썹을 치켜올리며 물었다.

"그러니까, 어, 그렇게 묻는다면, 지니가, 어, 일전에 내게 왔었어— 이거 원, 신경 쓰지 마— 요점은, 내가 뭔가를 하는 걸 그애가 보았는데 내가, 음, 내가 그 애에게 아무에게도 말하지 말라고 했다는 거야. 분명히 말하지만, 난 그 애가 약속을 지킬 줄 알았어. 그건 아무 것도 아냐, 정말이야, 난 그저—"

해리는 퍼시가 그렇게 불안해하는 걸 본 적이 없었다.

"뭐하고 있는 거야, 퍼시 형?" 론이 씩 웃으며 말했다. "어서, 말해, 웃지 않을게."

퍼시는 그러나 미소짓지 않았다.

"저 롤빵 좀 건네줄래, 해리, 배고파 죽겠어."

어차피 내일이면 굳이 그들이 애쓰지 않아도 그 수수께끼가 다 풀리겠지만, 해리는 만약 기회만 생긴다면 머틀에게 말을 한번 걸어볼 작정이었다— 그런데 기쁘게도, 그들이 질데로이 록허트 교수의 보호를 받으며 마법의 역사 교실로 가고 있던 오전에 정말로 기회가 생겼다.

록허트 교수는 여전히 모든 위험이 지나갔다고 생각한 듯 그들을 복도에서 살피는 일도 건성이었다. 그럼에도 그의 머리카락은 평상시처럼 윤기가 나지 않았다. 4층 순찰을 도느라 밤을 거의 꼬박 새운 탓인 것 같았다.

"내 분명히 말하지만," 그가 그들을 한쪽 구석으로 안내하며 말했다. "돌처럼 굳어진 저 가엾은 사람들의 입에서 나온 첫 마디는 '해그리드가 그랬어요'일 거야. 솔직히, 난 맥고나걸 교수가 이 모든 안전 조치들이 필요하다고 생각하는 것을 보고 깜짝 놀랐어."

"저도 같은 생각이에요, 선생님." 해리가 이렇게 말하자, 론이 놀라서 책을 떨어뜨렸다.

"고맙구나, 해리." 록허트 교수가 후플푸프 아이들이 줄지어 나가는 동안 기다리며 상냥하게 말했다. "내 말은, 우리 선생들이 굳이 학생들을 교실까지 데려다주거나 밤새도록 보초를 서지 않아도, 충분히 잘 지낼 수 있다는 얘기야…."

"맞아요." 론이 해리의 의도를 이해한 듯 말했다. "그럼 저희들을 이곳에 두고 그냥 가시는 게 어떠세요, 선생님, 이제 복도 하나만 더 가면 되잖아요—"

"위즐리, 나도 그럴까 한다." 록허트 교수가 말했다. "어서 가서 다음 수업 준비를 해야 하거든—"

그리고는 그는 황급히 가버렸다.

"수업 준비를 한다구." 론이 그의 뒤에다 대고 코웃음을 쳤다. "가서 머리나 말겠지, 뭐."

그들은 그리핀도르 학생들을 먼저 지나가게 한 뒤, 옆 통로로 쏜살같이 달아나 허둥지둥 모우닝 머틀의 화장실 쪽으로 갔다. 그러나 그들이 자신들의 기막힌 계획에 대해 자축하고 있을 때—

"포터! 위즐리! 뭐하고 있니?"

맥고나걸 교수가 성난 얼굴로 서 있었다.

"저흰— 저흰—" 론이 더듬더듬거렸다. "저흰 가서— 그러니까— 만나보려고—"

"헤르미온느요." 해리가 말했다. 론과 맥고나걸 교수 모두 그를 바라보았다.

"그 애를 한참 동안 보지 못했어요, 교수님." 해리가 다급하게 말을 계속하다가, 그만 잘못해서 론의 발을 밟았다. "저흰 병동으로 몰래 숨어 들어가서 그 애에게 이제 맨드레이크가 거의 준비되었으니, 어, 걱정하지 말라고 말하려고 했어요—"

맥고나걸 교수가 그들을 빤히 보았다. 잠시, 해리는 그녀가 버럭 화를 낼 거라고 생각했지만, 기묘하게도 그녀는 우는 듯한 쉰 목소리로 차분하게 말했다.

"물론." 이렇게 말하는 그녀의 두 눈에 놀랍게도 구슬 같은 눈물이 반짝거렸다. "물론, 그런 일을 당한 사람들의 친구들에게는 이 모든 게 얼마나 힘든 일인지 알고도 남지… 충분히 이해한다. 그래, 포터, 그레인저 양을 방문해도 좋다. 빈스 교수에게는 내가 너희들이 어디에 갔는지 말해주마. 폼프리 부인에게는 내가 허락했다고 말하렴."

해리와 론은 징계를 받지 않았다는 사실을 도저히 믿을 수 없는 듯 의아해하며 걸어갔다. 모퉁이를 돌았을 때, 맥고나걸 교수가 코를 횡 푸는 소리가 들렸다.

"그거야말로." 론이 흥분해서 말했다. "네가 지금까지 꾸며낸 이야기 가운데 가장 멋졌어."

이제는 병동으로 가서 폼프리 부인에게 헤르미온느를 방문해도 좋다는 맥고나걸 교수의 허락을 받았다고 말하는 수밖에 없었다.

폼프리 부인은 마지못해 그들을 들여보내 주었다.

"돌처럼 굳어진 사람에게 말해봤자 무슨 소용이 있겠니?" 헤르미온느 옆에 있는 자리에 앉았을 때 그들은 폼프리 부인의 말뜻을 인정해야만 했다. 헤르미온느는 확실히 방문객들이 찾아왔다는 걸 전혀 모르고 있었다. 차라리 그녀의 침대 옆에 있는 서랍장에 대고 모든 게 잘될 테니 걱정 말라고 말하는 게 나을 것 같았다.

"이 애가 습격자를 보기나 했을까?" 론이 헤르미온느의 뻣뻣한 얼굴을 슬프게 바라보며 말했다. "만약 그가 몰래 다가갔다면, 못 봤을 거야…"

그러나 해리는 헤르미온느의 얼굴을 보고 있지 않았다. 그의 눈은 그녀의 오른손에 붙박혀 있었다. 그 손은 꽉 쥔 채 담요 위에 올려져 있었는데, 좀더 가까이 다가가자, 주먹 안에 종이 쪽지 하나가 꽉 쥐어져 있는 게 보였다.

폼프리 부인이 가까이 있는지 살핀 뒤, 해리가 론에게 이것을 알려주었다.

"빼내봐." 폼프리 부인이 해리를 보지 못하게 막아서기 위해 의자를 당기며 론이 속삭였다.

그건 쉬운 일이 아니었다. 헤르미온느의 손이 종이를 어찌나 꽉 쥐고 있었던지 꼭 찢어질 것만 같았다. 론이 지키고 있는 동안 그는 당겼다가 비틀었다가를 몇 번 했고, 마침내 몇 분의 긴장된 순간이 흐른 뒤, 종이가 빠져 나왔다.

그건 도서관의 아주 오래된 책에서 찢어낸 것이었다. 해리가 그 종이를 얼른 펴자 론도 가까이 다가와 읽었다.

우리의 땅에서 돌아다니는 많은 무시무시한 짐승과 괴물들 가운데, 뱀들의 왕으로도 알려져 있는 바실리스크보다 이상하고 끔찍한 것은 없다. 이 뱀은 두꺼비 밑에서 부화된 닭의 알에서 태어났는데, 크기가 엄청나게 크며 나이가 수백 살은 되었을 것이다. 그러나 살인 방법은 대단히 불가사의하다. 바실리스크는 독이 있는 그 치명적인 송곳니 외에도, 눈초리가 매서워, 그 눈을 바라보는 사람들은 모두 그 자리에서 즉사하게 된다. 거미들이 바실리스크 앞에서 달아나는 것은, 그것이 그들의 천적이기 때문이며, 그걸 죽일 수 있는 건 수탉의 울음소리뿐이다.

그리고 종이 밑에는, 헤르미온느의 필체인 것 같은 단 한 개의 단어가 쓰여져 있었다. 수도관.

마치 누군가가 해리의 뇌에 전등을 켜기라도 한 듯 번쩍 어떤 생각이 뇌리를 스쳤다.

"론." 그가 속삭이듯이 말했다. "바로 이거야. 이게 해답이야. 비밀의 방에 있는 괴물은 바로 바실리스크야—거대한 뱀! 내가 여기저기서 들은 목소리를 다른 사람은 아무도 듣지 못했던 건 바로 그 때문이었어. 그건 내가 뱀의 언어를 알아듣기 때문이야…"

해리는 주위에 있는 침대들을 올려다보았다.

"바실리스크는 그저 바라보는 것만으로도 사람들을 죽인다고 했지? 하지만 아무도 죽지는 않았어— 그건 아무도 그 눈을 똑바로 바라보지 않았기 때문이지. 콜린은 카메라를 통해 그걸 보았어. 그래서 바실리스크는 카메라 안에 있는 필름은 몽땅 태웠지만, 콜린은 그저 돌처럼 굳어졌던 거야. 저스틴은… 저스틴은 바실리스크를 목이 달랑달랑한 닉을 통해 본 게 틀림없어! 닉은 그 독기 어린 시선을 받았지만, 이미 죽었기 때문에 다시 죽을 수가 없었어… 그리고 헤르미온느와 저 래번클로 반장이 발견되었을 때는 그 옆에 거울이 있었어. 헤르미온느는 그 괴물이 바실리스크라는 걸 알았던 거야. 그래서 그 애는 가장 먼저 만난 사람인 래번클로 반장에게 거울을 맨 앞에 내놓고 구석진 곳들을 둘러보라고 주의시켰던 게 분명해! 그리고 그 여자 애가 거울을 꺼냈는데— 그리고—"

론의 입이 쩍 벌어졌다.

"그러면 노리스 부인은?" 그가 몹시 궁금한 듯 속삭였다.

해리는 할로윈 날 밤의 그 현장을 떠올리며, 곰곰이 생각했다.

"물…." 그가 천천히 말했다. "모우닝 머틀의 화장실에서 흘러 넘친 물이야. 노리스 부인은 틀림없이 그 물에 비친 모습만 보았을 거야…."

그는 손에 들려있는 종이를 열심히 훑었다. 보면 볼수록 앞뒤가 맞았다.

"…그걸 죽일 수 있는 건… 수탉의 울음소리뿐이다!" 그가 큰 소리로 읽었다. "해그리드의 수탉들이 계속 죽어나갔잖아! 일단 그 방이 열리자 슬리데린의 후계자는 성 근처에서 수탉들이 돌아다니는 걸 원하지 않았던 거야! *거미들은 그것 앞에서 달아나고 말야! 모든 게 딱 맞아 떨어져!*"

"하지만 바실리스크가 어떻게 돌아다니고 있는 거지?" 론이 물었다. "거대한 뱀이… 누군가는 보았을 텐데…"

해리는 그러나 헤르미온느가 그 종이 끝 부분에 휘갈겨 쓴 단어를 지적했다.

"수도관." 그가 말했다. "수도관… 론, 그건 수도관을 이용하고 있었어. 난 그 목소리가 벽 속에서 나는 걸 들었었어…"

론이 갑자기 해리의 팔을 잡았다.

"비밀의 방으로 들어가는 입구 말야!" 그가 쉰 목소리로 말했다. "그게 만약 화장실이라면 어떻게 되지? 그게 만약—"

"—모우닝 머틀의 화장실에." 해리가 말했다.

그들은 밀려오는 흥분을 어쩌지 못하고, 도저히 믿을 수 없는 듯, 그 자리에 멍하니 앉아 있었다.

"이건," 해리가 말했다. "이 학교 안에는 뱀의 언어를 할 수 있는 게 나 혼자만이 아니라는 뜻이야. 슬리데린의 후계자도 그렇다는 거지. 그가 바실리스크를 제어할 수 있었던 건 바로 그 때문이야."

"그럼 이제 어떻게 해야 하지?" 론이 눈을 번득이며 물었다. "맥고나걸 교수에게로 곧장 가야 할까?"

"교무실로 가자." 해리가 벌떡 일어나며 말했다. "10분 뒤면 맥고나걸 교수님이 그곳에 오실 거야. 수업이 끝날 시간이 다 되었거든."

그들은 아래층으로 달려갔다. 또다시 복도에서 어물거리다가 들키고 싶지 않았으므로, 그들은 곧장 사람들이 아무도 없는 교무실로 갔다. 커다란 교무실 안에는 거무스름한 나무 의자들이 가득 차 있었다. 해리와 론은 너무 흥분해서 앉지도 못하고, 교무실을 천천히 왔다갔다했다.

그러나 웬일인지 쉬는 시간을 알리는 종이 울리지 않았다.

대신, 마법을 써서 크게 한 맥고나걸 교수의 목소리가 복도에 울려 퍼졌다.

"모든 학생들은 즉시 기숙사로 돌아가십시오. 모든 선생님들은 교무실로 돌아가십시오. 즉시 돌아가시기 바랍니다."

해리가 론을 빤히 바라보았다.

"습격이 또 있었던 건 아니겠지? 설마 지금?"

"어떻게 해야 하지?" 론이 아연실색하며 물었다. "기숙사로 돌아갈까?"

"안돼." 해리가 주위를 흘끗 보며 말했다. 왼쪽에 선생님들의 망토들로 가득한 보기 흉한 옷장이 하나 있었다. "이 안으로 들어가서, 무슨 일인지 들어보자. 그리고 나서 우리가 알아낸 걸 선생님들께 말하면 돼."

그들이 옷장 안에 숨어, 수백 명의 사람들이 머리 위에서 우르르 움직이는 소리를 듣고 있을 때, 교무실 문이 갑자기 쾅 하고 열렸다. 둘둘 접힌 곰팡내 나는 망토들 사이로, 선생님들이 그 방으로 하나 둘씩 들어오는 게 보였다. 당황한 표정을 짓고 있는 선생님들이 있는가 하면, 잔뜩 겁에 질려 있는 선생님들도 있었다. 그 뒤 맥고나걸 교수가 도착했다.

"일이 끝내 터지고야 말았어요." 그녀가 말없이 자신을 바라보고 있는 선생들에게 말했다. "학생 하나가 괴물에게 잡혀갔어요. 비밀의 방으로요."

플리트윅 교수가 꽥 하는 소리를 냈다. 스프라우트 교수는 두 손을 얼른 입에다 갖다댔다. 스네이프 교수가 의자 등받이를 꽉 잡고 말했다. "어떻게 그렇게 확신하는 거죠?"

"슬리데린의 후계자가," 맥고나걸 교수가 얼굴이 창백해져서 말했다. "또 다른 메시지를 남겼어요. 첫 번째 메시지 바로 밑에요. '그 애의 뼈대는 비밀의 방에 묻힐 것이다'라구요."

플리트윅 교수가 별안간 울음을 터뜨렸다.

"그게 누구죠?" 후치 부인이 무릎을 후들거리면서 의자에 맥없이 앉으며 말했다. "어느 학생이죠?"

"지니 위즐리예요." 맥고나걸 교수가 말했다.

해리는 론이 옷장 바닥으로 스르르 주저앉는 걸 느꼈다.

"내일 모든 학생들을 집으로 보내야 해요." 맥고나걸 교수가 말했다. "이제 호그와트의 미래는 없어요. 덤블도어 교수는 늘 말씀하셨어요…."

교무실 문이 다시 한번 쾅 열렸다. 잠시, 해리는 덤블도어일 거라고 생각했다. 그러나 그건 록허트 교수였고, 그는 환하게 미소짓고 있었다.

"죄송해요— 깜박 졸았어요— 무슨 얘기들 하셨죠?"

그는 다른 선생님들이 혐오스러운 눈길로 자신을 바라보고 있다는 걸 전혀 눈치채지 못한 것 같았다. 스네이프 교수가 앞으로 걸어나갔다.

"마침 잘 왔네." 그가 말했다. "그 일을 해결할 사람은 자네밖에 없어. 여자 아이 하나가 그 괴물에게 잡혀갔네, 록허트. 비밀의 방으로 붙잡혀갔단 말이네. 마침내 자네가 나서야 할 때가 왔네."

록허트 교수의 얼굴이 창백해졌다.

"맞네, 질데로이." 스프라우트 교수가 끼어 들었다. "바로 어젯밤에 자네가 비밀의 방으로 들어가는 입구가 어디에 있는지 알았다고 말하지 않았나?"

"전— 이거야 원, 전—" 록허트 교수가 흥분해서 말했다.

"그래, 자네는 그 안에 무엇이 있는지 확실히 안다고 하지 않았나?" 플리트윅 교수가 갑자기 소리를 높여 말했다.

"제— 제가요? 전 잘 기억이 나지…."

"난 자네가 해그리드가 잡혀가기 전에 그 괴물을 처치할 기회를 가져보지 못한 게 못내 아쉽다고 말했던 걸 확실히 기억하네." 스네이프 교수가 말했다. "자넨 모든 일이 망쳐져버렸다고 하지 않았나? 처음부터 자네가 그 일을 맡아 해결했어야 한다고 말하지 않았어?"

록허트 교수가 차가운 표정을 짓고 있는 동료들을 빤히 바라보았다.

"전… 전 정말로 절대… 뭔가 오해가 있으셨던 게…."

"그럼, 당신에게 맡겨두겠어요, 질데로이." 맥고나걸 교수가 말했다. "그 일을 하기엔 오늘 밤이 더 없이 좋을 거예요. 우린 모두 물러나 있을게요. 그 괴물을 당신 혼자서 처치할 수 있도록 말예요. 이제야 비로소 당신의 실력을 맘껏 발휘할 때가 온 것 같군요."

록허트 교수는 절망적으로 주위를 둘러보았지만, 아무도 구원해주지 않았다. 그는 더 이상 당당해 보이지 않았다. 그의 입술은 떨리고 있었고, 평상시에 늘 보여주던 이빨이 다 드러나 보이는 웃음은 온데간데 없고, 기운 없고 허약해 보였다.

"조-좋습니다." 그가 말했다. "제 사무실에서— 준비— 준비하고 있겠습니다."

그리고는 그가 교무실을 나갔다.

"잘하셨어요." 맥고나걸 교수가 콧구멍을 깔때기 모양으로 벌리며 말했다. "속이 다 시원하군요. 각 기숙사 담당 교수님들께서는 학생들에게 가셔서 무슨 일이 있었는지 말씀해 주시길 바랍니다. 그리고 내일 호그와트 급행 열차가 그들을 집으로 데려다줄 거라고 말씀해 주세요. 나머지 선생님들은 단 한 명의 학생도 기숙사 바깥에 남아있지 않도록 조처해 주셨으면 합니다."

선생들이 하나씩 일어서서 나갔다.

그날은 어쩌면 해리의 일생 최악의 날인지도 몰랐다. 그는 론과 프레드와 조지와 함께 서로 아무 말도 하지 않고, 그리핀 도르의 학생 휴게실 한쪽 구석에 앉아 있었다. 퍼시는 거기에 없었다. 그는 위즐리 부부에게 부엉이를 보내러 갔다가, 자기 기숙사 방에 틀어박혀 있었다.

그날 오후만큼 그렇게 길었던 날도, 그리핀도르 탑이 그렇게 북적거렸던 적도, 그럼에도 또한 그렇게 조용했던 적도 없었 다. 해질녘이 되자, 프레드와 조지는 더 이상 앉아있지 못하고, 자러 올라갔다.

"그 애는 뭔가 알고 있었던 거야, 해리." 론이 교무실 벽장에 들어갔던 이후 처음으로 입을 열었다. "그래서 잡혀간 거야. 그건 결코 퍼시에 대한 어떤 시시껄렁한 말이 아니었어. 그 애 는 비밀의 방에 대해 뭔가를 알아냈던 거야. 그래서 틀림없이 그 애가—" 론이 눈을 세게 문질렀다. "그것 말고는 다른 이유 는 있을 리가 없어."

해리는 태양이 핏빛으로 빨갛게 지평선 밑으로 지는 걸 볼 수 있었다. 이런 불쾌한 기분은 처음이었다. 그들이 할 수 있 는 일이 있으면 좋을 텐데. 어떤 일이라도.

"해리." 론이 말했다. "그 애가 죽— 그러니까— 그럴 가능성 이 있을까—"

해리는 뭐라 말해야 할지 몰랐다. 지니가 어떻게 여전히 살 아있을 수 있겠는가.

"이렇게 하는 게 어때?" 론이 말했다. "가서 록허트 교수를 만나는 거야. 그리고 그에게 우리가 알고 있는 걸 말하는 거야. 그러면 그가 비밀의 방으로 들어가려고 할 거야. 그게 어디에 있다고 생각하는지도 말해. 그 안에 있는 게 바실리스크라는 말도 하는 거야."

해리는 달리 어떻게 해야 할지 생각이 나지 않았으므로, 그리고 무언가를 하고 싶었으므로, 그의 말에 동의했다. 그들 주위에 있는 그리핀도르 학생들은 너무나 큰 슬픔에 잠겨있는데다, 위즐리 형제들에 대해 한없이 딱하게 여기고 있었기 때문인지, 자리에서 일어서 휴게실을 가로질러 가 초상화 구멍으로 빠져나가는 그들을 아무도 말리려 하지 않았다.

그들은 록허트 교수의 사무실로 걸어갔다. 바깥은 이미 어둑어둑해지고 있었다. 록허트 교수가 무엇을 하고 있는지 안에서 긁는 소리며, 쿵 떨어지는 소리며, 부산스럽게 움직이는 발자국 소리가 들렸다.

해리가 노크를 하자 안이 갑자기 조용해졌다. 그리고는 문이 조금 열리더니 록허트 교수가 빼꼼이 한쪽 눈만 내밀고 내다보았다.

"오… 포터 군… 위즐리 군…" 그가 문을 조금 더 열며 말했다. "난 지금 좀 바쁜데… 하지만 빨리 해준다면…"

"교수님, 말씀드릴 게 좀 있어요." 해리가 말했다. "교수님께 도움이 되실 거예요."

"어— 글쎄— 그거 지독하게 안—" 한쪽만 보이는 록허트 교수의 얼굴은 아주 난처해하는 것 같았다. "내 말은— 그러니까— 좋아—"

그들은 그가 열어준 문으로 들어갔다.

그의 사무실은 거의 완전히 비워져 있었다. 마룻바닥에는 커다란 가방 두 개가 열린 채로 세워져 있었다. 비취색, 라일락색, 어두운 푸른색의 망토들이 한쪽 가방 속에 아무렇게나 접혀져 있었다. 다른 쪽 가방 속에는 책들이 어수선하게 흐트러져 있었다. 또 벽을 뒤덮었던 사진들은 이제 책상 위에 있는 상자 속에 쑤셔 넣어져 있었다.

"어디 가세요?" 해리가 물었다.

"어, 뭐라고 해야 할까, 그래." 록허트 교수가 문 뒤에서 실물 크기의 자기 포스터를 떼어내어 돌돌 말며 말했다. "긴급 소집이 있어서 말야… 피할 수 없는… 가야 해…"

"제 동생은 어떻게 하구요?" 론이 불쑥 말했다.

"글쎄, 그 문제라면— 가장 불행한—" 록허트 교수가 그들의 눈을 피하면서 어떤 서랍을 비틀어 돌려 열더니 안에 든 것들을 가방 속에 비우면서 말했다. "정말로 유감스럽게 생각해—"

"선생님은 어둠의 마법 방어법을 가르치는 분이잖아요." 해리가 말했다. "지금은 가실 수 없어요! 여기서 이렇게 무서운 일들이 벌어지고 있는데 가실 수는 없다구요!"

"글쎄… 내가 이 일자리를 택했을 때는…" 록허트 교수가 이제 망토들 위에 양말들을 쌓아놓으며 말했다. "이 일자리 설명서에는 아무 것도… 전혀 예상하지 못했어…"

"그 말은 도망치려는 거라는 뜻인가요?" 해리가 믿을 수 없다는 듯 물었다. "책에는 선생님이 그 모든 일들을 했다고 했는데—"

"책은 오해를 불러일으킬 소지가 있어." 록허트 교수가 미묘하게 말했다.

"선생님이 쓰셨잖아요!" 해리가 소리쳤다.

"얘야," 록허트 교수가 똑바로 서서 해리에게 얼굴을 찡그리며 말했다. "상식적으로 생각해봐라. 사람들이 내가 직접 그 모든 일들을 했다고 생각하지 않았다면 내 책들은 반도 팔리지 않았을 거야. 못생기고 늙은 아르메니아의 마법사에 대해 읽고 싶어하는 사람은 하나도 없어, 그가 아무리 늑대인간들로부터 어떤 마을을 구했다고 해도 말야. 그런 사람이 책의 앞면 표지에 얼굴을 디밀고 있으면 몹시 불쾌할 테니까 말야. 책을 만드는 감각이 전혀 없는 거지. 그리고 밴든 밴시를 추방한 마녀는 언청이였단다. 내 말은, 그러니 제발…"

"그러니까 다른 사람들이 했던 일을 선생님이 했던 것처럼 꾸몄다는 거로군요?" 해리가 도저히 믿을 수 없다는 듯이 말했다.

"해리, 해리," 록허트 교수가 조바심하며 고개를 흔들었다. "그건 그렇게 간단하지가 않아. 내가 한 일이 전혀 없었던 건 아냐. 난 이러한 사람들을 찾아내야만 했어. 그리고 그들에게 그런 일을 정확히 어떻게 해냈는지 물었고 말야. 그 뒤 난 그들이 그렇게 했다는 걸 기억하지 못하도록 '기억력 마법'을 걸어야 했어. 만약 내가 자랑으로 여기는 게 딱 한 가지 있다면, 그건 바로 나의 '기억력 마법'이야. 아니, 그건 정말로 엄청난 작업이었단다, 해리. 그저 책에 사인하고 광고 사진을 찍고 하는 게 전부가 아냐. 명성을 얻고 싶으면, 넌 지리하고 힘든 일을 꾸준히 해나갈 각오가 되어 있어야만 해."

그가 가방들을 쾅 닫더니 자물쇠를 채웠다.

"어디 보자." 그가 말했다. "이제 다 된 것 같군. 그래. 남은 게 딱 하나 있어."

그가 요술지팡이를 꺼내더니 그들에게로 돌아섰다.

"정말 미안하지만, 얘들아, 이제 너희들에게 '기억력 마법'을 걸어야겠구나. 너희들이 내 비밀을 주책없이 사방에다 지껄여대게 할 수는 없거든. 그랬다간 난 또 다른 책을 절대 팔 수 없을 테니까 말야…"

그러나 바로 그 찰나 해리가 요술지팡이로 손을 뻗었다. 록허트 교수가 미처 요술지팡이를 들어올리기도 전에, 해리가 큰소리로 말했다. "익스펠리아르무스!"

록허트 교수의 몸이 뒤로 휙 날아가더니, 가방 위로 털썩 떨어졌다. 그리고 그의 지팡이가 공중으로 높이 날아가자 론이 얼른 잡아 열린 창문 밖으로 내던져버렸다.

"스네이프 교수가 저희들에게 그걸 가르쳐주도록 하지 말았어야죠." 해리가 화가 나서 록허트 교수의 가방을 옆으로 툭 걷어차며 말했다. 록허트 교수가 비굴한 모습으로 그를 올려다보았다. 해리가 여전히 요술지팡이를 그에게 대고 있었던 것이다.

"내가 어떻게 하면 좋겠니?" 록허트 교수가 무기력하게 말했다. "난 비밀의 방이 어디에 있는지 몰라. 내가 할 수 있는 건 아무 것도 없어."

"운 좋은 줄 아세요." 해리가 요술지팡이 끝으로 록허트 교수를 위협해서 그를 일어서게 하며 말했다. "저흰 그게 어디에 있는지 알아요. 그리고 그 안에 무엇이 있는지두요. 가죠."

그들은 록허트 교수를 사무실에서 걸어나가게 한 뒤 가장 가까운 계단을 내려가, 벽면에 쓰여진 메시지들이 반짝이고 있는 어두운 복도를 지나, 모우닝 머틀의 화장실 문 앞으로 가게 했다.

그들은 록허트 교수를 먼저 안으로 들여보냈다. 해리는 부들부들 떨고 있는 그의 모습을 보자 고소한 생각이 들었다.

모우닝 머틀은 맨 끝에 있는 변기 수조 위에 앉아 있었다.

"오, 너구나." 그녀가 해리를 보자 말했다. "이번에는 뭘 알고 싶니?"

"네가 어떻게 죽었는지 알고 싶어." 해리가 말했다.

머틀의 표정이 금방 달라졌다. 그렇게 자기 맘에 꼭 드는 질문을 한번도 받아본 적이 없는 것 같았다.

"우으, 참으로 지독했어." 그녀가 재미있게 말했다. "바로 여기서 일어났어. 난 이 작은 화장실에서 죽었어. 똑똑히 기억나. 올리브 혼비가 내 안경에 대해 놀리고 있어서 숨어 있었던 거지. 그런데 문이 잠겨서 내가 울고 있었는데, 그 때 누군가가 들어오는 소리가 들렸어. 그들은 이상한 말을 했어. 색다른 언어였어, 틀림없이 그랬던 것 같아. 어쨌든, 날 정말로 화나게 한 건 말을 하고 있는 애가 남자아이였다는 거였어. 그래서 난 문을 열었지, 그 애에게 남자 화장실을 사용하라고 말하려고 말야, 그런데 그리곤—" 머틀이 감정이 북받친 듯, 얼굴이 반짝거렸다. "난 죽었어."

"어떻게?" 해리가 물었다.

"몰라." 머틀이 나직한 어조로 말했다. "난 그저 한 쌍의 굉장히 큰 노란 눈을 보았던 것밖에 기억이 안나. 온몸이 얼어붙는가 싶더니 어느새 둥둥 떠돌아다니고 있었어…." 그녀는 몽롱한 얼굴로 해리를 바라보았다. "그 뒤 난 다시 돌아왔어. 올리브 혼비를 괴롭히기로 굳게 마음먹었던 거지. 물론, 그 애는 내 안경을 놀렸던 걸 대단히 후회했어."

"그 눈을 정확히 어디서 봤니?" 해리가 물었다.

"저기 어디였을 거야." 머틀이 막연히 그녀의 화장실 앞에 있는 세면대 쪽을 가리키며 말했다.

해리와 론은 급히 그리로 갔다. 록허트 교수는 잔뜩 겁에 질린 표정으로 뒤에 멀찌감치 떨어져 서 있었다.

그건 그저 보통 세면대처럼 보였다. 그들은 세면대 아래에 있는 수도관을 포함해, 세면대 안쪽과 바깥쪽을 구석구석 살폈다. 그러다 문득 해리는 이상한 문양을 보았다. 구릿빛 수도꼭지들 가운데 한 수도꼭지 옆에 아주 작은 뱀 한 마리가 새겨져 있었다.

"그 수도꼭지는 고장났어. 꼼짝도 안해." 그가 그걸 돌리려고 하자 머틀이 밝게 말했다.

"해리," 론이 말했다. "말 좀 해봐. 뱀의 언어로 말야."

"하지만—" 해리는 곰곰이 생각했다. 그가 뱀의 언어로 말했을 때는 진짜 뱀과 마주쳤을 때뿐이었다. 그는 진짜 뱀을 상상하려고 애쓰며, 그 작은 조각을 뚫어지게 바라보았다.

"열어." 그가 말했다.

그는 론을 바라보며, 고개를 가로 저었다.

"그냥 우리말이네." 론이 약간 실망한 듯 말했다.

해리는 그 뱀이 살아있다고 믿으려고 애쓰며 다시 바라보았다. 그가 머리를 움직이자, 촛불 때문인지 그게 꼭 움직이고 있는 것처럼 보였다.

"열어." 그가 말했다.

그것뿐이었다. 쉿쉿거리는 이상한 소리가 그의 입에서 빠져나갔고, 갑자기 그 수도꼭지가 눈부시게 하얀 빛을 내더니 뱅뱅 돌기 시작했다. 그리고 다음 순간, 세면대가 움직이기 시작했다. 사실 세면대가 아래로 툭 내려앉더니, 사람 하나가 미끄러져 내려갈 수 있을 만큼 굵고 커다란 수도관 하나가 나타났다.

해리는 깜짝 놀라는 론을 다시 올려다보았다. 그는 이미 마음을 결정했었다.

"난 저 아래로 내려갈 거야." 그가 말했다.

가지 않을 수가 없었다. 비밀의 방으로 들어가는 입구를 찾아낸 이상, 지니가 살아있을지도 모른다는 아주 희미한, 실오

라기같이 가느다란 희망을 가지고 있는 이상 가야만 했다.

"나두." 론이 말했다.

잠시 아무 말이 없었다.

"이제는, 내가 필요하지 않을 것 같은데." 록허트 교수가 희미하게 예전의 그 미소를 지으며 말했다. "난 그저—"

그러나 그가 문의 손잡이를 잡았을 때, 론과 해리 모두 요술 지팡이를 그 쪽으로 갖다댔다.

"선생님이 먼저 가세요." 론이 딱딱한 말투로 말했다.

록허트 교수는 지팡이도 없이 창백한 얼굴로 그 입구로 다가갔다.

"애들아." 그가 들릴 듯 말 듯한 목소리로 말했다. "애들아, 이렇게 한들 무슨 소용이 있겠니?"

해리가 그의 등을 지팡이로 쿡 찔렀다. 록허트 교수가 수도관 쪽으로 천천히 움직였다.

"난 정말로 그렇게 생각—" 그가 말하는 순간, 론이 한번 툭 밀자, 그가 쭈르르 미끄러져 내려갔다. 해리도 얼른 뒤따라갔다. 그는 천천히 수도관 안으로 들어간 뒤, 손을 놓았다.

그건 마치 끈끈하고, 어둡고, 끝이 없는 미끄럼을 타고 내려가는 것 같았다. 사방으로 뻗어나간 더 많은 수도관들이 보였지만, 그들이 타고 내려가는 것처럼 큰 것은 하나도 없었다. 그들은 비틀리고 빙빙 돌며 가파르게 내려갔다. 학교의 지하 감옥보다도 더 깊숙한 곳으로 떨어지고 있는 듯했다. 뒤에서는 론이 굴곡부에서 쿵쿵 부딪히는 소리가 들렸다.

그 뒤, 그가 과연 어떤 일이 벌어질까 걱정하기 시작했을 때 수도관이 평평해지면서 그 끝으로 튀어나왔다. 그는 간신히 서 있을 수 있는 높이의 어두컴컴한 돌 터널의 축축한 바닥으로 쿵 하며 내려앉았다. 조금 떨어진 곳에서 록허트 교수가 마치 유령처럼 하얀 점액으로 뒤덮인 채 일어서고 있었다. 해리가 한쪽 옆으로 비켜 서자 마자 론이 씽 하고 수도관에서 나왔다.

"학교 밑으로 한참은 내려온 것 같아." 해리가 말하자, 목소리가 어두컴컴한 터널에 울려 퍼졌다.

"어쩌면 호수 밑일지도 몰라." 론이 거무스름하고, 끈적끈적한 벽을 흘끗 둘러보며 말했다.

그들 셋은 돌아서서 앞의 어둠 속을 뚫어지게 바라보았다.

"루모스!" 해리가 지팡이에게 중얼거리자 그 끝에 다시 불이 켜졌다. "자, 어서." 해리의 말이 떨어짐과 동시에 그들은 다같이 앞으로 출발했다. 걸을 때마다 축축한 바닥을 치는 소리가 시끄럽게 들렸다.

터널이 어찌나 어두웠던지 한치 앞도 보이지 않았다. 축축한 벽에 비친 그들의 그림자가 지팡이 불빛 때문에 꼭 괴물처럼 보였다.

"잊지 마." 조심스럽게 걸어나가며 해리가 조용히 말했다. "뭔가 움직이면, 곧바로 눈을 감아…"

그러나 터널은 무덤처럼 조용했다. 갑자기 우두둑 하는 커다란 소리가 들렸지만, 알고 보니 쥐의 두개골을 밟았던 것이었다. 해리는 바닥을 보려고 지팡이를 아래로 내렸다. 작은 동물의 뼈들이 사방에 흩어져 있었다. 지니가 어떤 모습으로 발견될까 상상하지 않으려고 안간힘을 쓰며, 해리는 앞장서서 터널의 어두운 굴곡부를 돌아갔다.

"해리— 저기에 뭔가가 있어…." 론이 해리의 어깨를 잡으며 쉰 목소리로 말했다.

그들은 꼼짝 않고 서서 바라보았다. 뭔가 거대하고 구부러진 것이 터널 바닥에 누워있었다.

"자고 있는 건지도 몰라." 해리가 다른 두 사람을 흘끗 돌아보며 숨죽여 말했다. 록허트 교수가 손으로 눈을 가렸다. 해리는 다시 그것으로 고개를 돌렸다. 가슴이 두방망이질을 했다.

해리는 지팡이를 높이 들어올린 채로 눈을 가늘게 뜨고 계속 뚫어지게 바라보면서 천천히 앞으로 걸어나갔다.

그러나 바닥에는 불쾌하기 짝이 없는 밝은 초록색의 거대한 뱀가죽만이 돌돌 말린 채로 공허하게 널브러져 있었다. 그 허물을 벗었던 생물은 길이가 족히 6미터는 될 것 같았다.

"깜짝이야!" 갑자기 론이 소스라치게 놀라며 말했다.

그들 뒤에서 별안간 뭔가가 움직였기 때문이었는데 알고 보니 질데로이 록허트 교수가 털썩 주저앉아버렸던 것이었다.

"일어나세요." 론이 지팡이를 록허트 교수에게 들이대며 날카롭게 말했다.

록허트 교수는 어쩔 수 없다는 듯 일어섰다— 그러더니 론에게 와락 달려들어, 그를 땅바닥으로 넘어뜨렸다.

해리가 펄쩍 뛰어 앞으로 갔지만, 너무 늦고 말았다―록허트 교수가 론의 요술지팡이를 들고 얼굴에 다시 희미한 미소를 띠면서 헐떡이며 일어서고 있었다.

"모험은 이제 끝이야, 얘들아!" 그가 말했다. "난 이 뱀가죽을 학교로 조금 갖고 올라가, 그 여자아이를 구하기엔 너무 늦었었다고, 그리고 너희 둘은 토막토막난 그 아이의 시체를 보고 그만 비참하게도 미쳐버렸다고 말해야겠다― '기억력이여 안녕'이라고 말하렴!"

그는 스카치테이프로 붙인 론의 요술지팡이를 머리 위로 높이 들어올린 뒤 "오블리비아테!"라고 외쳤다.

그러자 지팡이가 작은 폭탄이 터지는 것 같은 위력으로 폭발했다. 터널 천장이 와르르 무너져 내렸다. 해리는 얼른 양손으로 머리를 감싸고, 떨어지는 돌덩이들을 피해 쏜살같이 돌돌 말려 있는 뱀가죽 위로 달려갔다. 다음 순간, 커다란 돌덩이들이 와르르 쏟아져 내리면서 앞을 가로막았다.

"론!" 그가 소리쳤다. "괜찮니? 론!"

"난," 돌덩이들 뒤에서 소리를 죽인 론의 목소리가 들렸다. "난 괜찮아― 하지만 이 멍텅구리는― 내 지팡이가 또 엉뚱하게 뒤로 발사됐나봐."

둔하게 퍽 하더니 "아야!" 하는 큰소리가 났다. 론이 록허트 교수의 정강이를 발로 걷어차는 소리 같았다.

"이제 어떡하지?" 론의 목소리가 절망적으로 들렸다. "지나갈 수가 없어― 한참은 걸릴 거야…"

해리는 터널 천장을 올려다보았다. 거대한 구멍이 뚫어져 있었다. 그는 이 돌들처럼 큰 건 마법으로 깨뜨려본 적이 한번도 없었지만, 지금은 그걸 깨는 연습을 하기엔 좋은 시기가 아닌 것 같았다―잘못했다간 터널 전체가 무너져 내릴 수도 있었다.

돌덩이들 뒤에서 또 한번 퍽, "아야!" 하는 소리가 들렸다. 하지만 이러고 있을 때가 아니었다. 지니는 비밀의 방에 벌써 몇 시간 째 갇혀 있었을 것이다… 할 일은 딱 한 가지뿐이었다.

"거기서 기다려." 그가 론에게 소리쳤다. "록허트 교수와 함께 기다려. 난 계속 갈 테니까… 내가 만약 한 시간 내에 돌아오지 않으면…"

한참 동안 아무 말도 들리지 않았다.

"난 이 돌덩이들을 좀 옮겨볼게." 론이 말했다. 그는 목소리가 떨리지 않게 애쓰고 있는 것 같았다. "네가― 네가 다시 지나올 수 있도록 말야. 그리고 해리―"

"그럼 잠시 후에 보자." 해리가 떨고 있는 론에게 용기를 불어넣어 주려는 듯 단호하게 말했다.

그리고 그는 혼자서 거대한 뱀가죽을 지나 출발했다.

조금 가자 론이 돌들을 옮기려고 용쓰는 소리가 더 이상 들리지 않았다. 터널은 구불구불했다. 몸 여기저기가 몹시 욱신거렸다. 터널이 빨리 끝나길 바랐지만, 한편으론 또 그렇게 될까봐 두렵기도 했다. 마침내 살금살금 모퉁이를 하나 더 돌아갔을 때, 뒤엉킨 뱀 두 마리가 새겨진 단단한 벽이 눈앞에 나타났다. 뱀들의 눈에는 빨갛게 반짝반짝 빛나는 커다란 에메랄드가 박혀 있었다.

해리는 가까이 다가갔다. 목이 탔다. 이 돌 뱀들은 진짜 살아 있는 것처럼 눈이 이상하게 생생하게 보였다.

그는 어떻게 해야 할지 알 수 있을 것 같았다. 그가 목을 가다듬자, 에메랄드 눈들이 깜박이는 것 같았다.

"열려라." 해리가 낮고 희미하게 뱀처럼 쉿 소리를 내며 말했다.

그러자 벽이 지끈 하며 열리면서 뱀들이 갈라지더니 눈앞에서 스르르 사라졌다. 해리는 벌벌 떨면서 안으로 걸어 들어갔다.

제 17 장

슬리데린의 후계자

그 는 희미하게 불 밝혀진 아주 긴 방 끝에 서 있었다. 많은 뱀들이 뒤엉켜 있는 문양이 새겨진 높다란 돌기둥들이, 기이한 초록빛이 도는 그 음울한 곳에 길다란 검은 그림자들을 드리우며 천장을 받치고 서 있었다.

해리는 가슴을 두근거리며 그 서늘한 정적에 귀를 기울이고 있었다. 바실리스크가 돌기둥 뒤, 어두운 한쪽 구석에서 숨어 기다리고 있는 게 아닐까? 지니는 어디에 있을까?

그는 요술지팡이를 뽑아들고 뱀 문양이 새겨진 기둥들 사이로 걸어나갔다. 한 발짝 한 발짝 조심스럽게 내딛을 때마다 발자국 소리가 요란하게 울려 퍼졌다. 그는 가장 작은 움직임이라도 느껴지면 눈을 얼른 감기 위해, 계속 실눈을 뜨고 있었다. 돌 뱀의 공허한 눈들이 그를 따라오는 것 같았다. 또 무언가가 움직인 것만 같아 가슴이 철렁철렁 내려앉았다.

그 뒤, 마지막 한 쌍의 돌기둥에 다가갔을 때, 방 천장에 닿을 정도로 커다란 조각상이 뒷벽에 기대 세워져 있는 게 희미하게 보였다.

해리는 위에 있는 그 거대한 얼굴을 쳐다보기 위해 목을 쭉뺐다. 커다란 회색빛 두 발로 반들반들한 바닥을 밟고 서 있는 그 늙은 마법사의 얼굴은 꼭 원숭이 같았으며, 길고 성긴 수염은 바닥에 질질 끌리는 돌 망토의 아랫자락까지 길게 늘어져 있었다. 그런데 바로 그 두 발 사이에, 불타는 듯한 빨간 머리의, 까만 망토를 입은 자그마한 형체가 엎드려 있었다.

"지니!" 해리는 이렇게 중얼거리고는, 전속력으로 달려가 그녀 옆에 무릎을 꿇고 앉았다. "지니— 죽지 마— 제발 죽지마—" 그는 지팡이를 옆으로 던지고, 지니의 어깨를 잡아 바로 눕혔다. 얼굴이 대리석처럼 하얗고 차가웠지만, 눈은 감겨져 있었다. 그녀는 돌로 굳어진 게 아니었다. 하지만 그렇다면 그녀는 분명….

"지니, 제발 일어나!" 해리가 그녀를 흔들며 절망적으로 중얼거렸다. 지니의 고개가 맥없이 이쪽저쪽으로 축 늘어졌다.

"그 애는 깨어나지 못할 거야." 어디선가 부드러운 목소리가 들려왔다.

해리는 깜짝 놀라 무릎을 꿇은 채로 홱 돌아보았다.

까만 머리의 키 큰 남자아이가 가장 가까운 돌기둥에 기대어 지켜보고 있었다. 몸 가장자리가 이상하게 흐릿해서, 마치 안개 낀 창문으로 바라보고 있는 것 같았다. 하지만 그 아이가 누구인지는 분명히 알 수 있었다—

"톰— 톰 *리들?*"

리들이 해리에게서 눈을 떼지 않고 고개를 끄덕였다.

"그게 무슨 뜻이니, 그 애가 깨어나지 못할 거라니?" 해리가 절망적으로 말했다. "그 애가 설마— 그 애가 설마 죽—?"

"그 애는 아직 살아있어." 리들이 말했다. "하지만 곧 죽을 거야."

해리는 그를 빤히 보았다. 50년 전에 호그와트에 있었던 톰 리들이 열 여섯 살 모습 그대로, 주위에 기묘하게 희미한 빛을 내며 서 있었다.

"너 유령이니?" 해리가 확신이 없는 듯 이렇게 물었다.

"글쎄, 하지만 내 기억은," 리들이 조용히 말했다. "50년 동안 일기장 속에 간직되어 있었어."

그가 조각상의 거대한 발가락 부근을 가리켰다. 그곳에 해리가 모우닝 머틀의 화장실에서 발견한 자그마한 까만 일기장이 펼쳐진 채로 놓여 있었다. 잠시, 해리는 그게 어떻게 여기에 있는 것일까 생각했다— 하지만 지금은 그것을 생각할 겨를이 없었다.

"날 도와줘, 톰." 해리가 지니의 고개를 다시 들어올리며 말했다. "이 아이를 여기서 데리고 나가야 해. 바실리스크가 있어… 그게 어디에 있는지는 모르지만, 언제 어느 때 나와서 우리릴 해칠지 몰라… 제발, 날 좀 도와 줘…."

그러나 리들은 움직이지 않았다. 해리는 땀을 뻘뻘 흘리면서, 지니를 바닥에서 간신히 끌어안고, 지팡이를 집으려고 다시 허리를 굽혔다.

그러나 그의 지팡이는 어디론가 사라지고 없었다.

"너 혹시 —"

위를 올려다보자 리들이 해리의 요술지팡이를 긴 손가락들 사이로 빙빙 돌리며 그를 바라보고 있었다.

"고마워." 해리가 그것을 잡으려고 손을 뻗치며 말했다.

리들의 입가에 미소가 감돌았다. 그는 계속해서 해리를 빤히 바라보며, 지팡이를 빙글빙글 돌리고 있었다.

"내 말 들어봐." 해리가 다급히 말했다. 무릎이 지니의 무게 때문에 축 처졌다. "우린 여기서 나가야 해! 만약 바실리스크가 오면…."

"그건 부를 때까지는 오지 않을 거야." 리들이 태연하게 말했다.

해리는 지니를 더 이상 들고 있을 수 없어, 다시 바닥 위에 내려놓았다.

"그게 무슨 뜻이니?" 그가 물었다. "이것 봐, 내 지팡이를 이리 줘, 그게 필요할지도 모르니까 —"

리들이 더 노골적으로 미소를 지어 보였다.

"아니, 그건 필요하지 않을 거야." 그가 말했다.

해리는 그를 빤히 바라보았다.

"그게 무슨 말이니, 필요하지 않—?"

"난 이 순간을 오랫동안 기다려왔어, 해리 포터." 리들이 말했다. "널 만나게 될 순간을 말야. 네게 말할 순간을 말야."

"이것 봐," 해리가 더 이상 참지 못하고 말했다. "내 말을 이해하지 못하는 것 같은데 말야. 우린 지금 *비밀의 방*에 있어. 얘기는 나중에도 할 수 있잖아—"

"아니, 지금 얘기해야 해." 리들은 이렇게 말하고는, 여전히 노골적인 미소를 지으며 해리의 지팡이를 호주머니에 쑤셔 넣었다.

해리는 그를 빤히 바라보았다. 이곳에선 뭔가 아주 이상한 일이 벌어지고 있었다….

"지니가 어떻게 이렇게 됐지?" 그가 천천히 물었다.

"어, 그것 참 흥미로운 질문이군." 리들이 유쾌하게 말했다. "그런데 말하자면 아주 길어. 내가 보기엔 지니 위즐리가 이렇게 된 진짜 이유는 그 애가 보이지 않는 어떤 낯선 사람에게 마음을 열고 모든 비밀을 털어놓았기 때문일 거야."

"너 도대체 무슨 말을 하고 있는 거니?" 해리가 물었다.

"일기장 말야." 리들이 말했다. "*내 일기장*. 어린 지니는 몇 달 동안 거기에 글을 써서, 내게 모든 걱정거리들과 괴로움을 털어놓았어— 오빠들이 그 애를 어떻게 놀렸으며, 어떻게 중고 망토와 책을 가지고 학교에 오게 되었으며, 또—" 리들의 눈이 반짝거렸다. "유명하고, 착하고, 멋진 해리 포터가 왜 그 애를 좋아하지 않는지…."

　말하는 동안 내내, 리들의 눈은 해리의 얼굴에서 한번도 떠나지 않았다. 그건 거의 동경의 눈초리였다.

　"열한 살짜리 여자아이의 시시한 작은 걱정거리들을 들어야하는 건 아주 따분한 일이었지." 그가 계속했다. "하지만 난 참을성 있게 끝까지 들어주었어. 그리고 답장을 써주었어. 난 동정심도 있었고, 친절했어. 지니는 날 정말로 좋아했어. *아무도 너처럼 날 이해해준 적이 없었어, 톰… 난 마음을 털어놓을 수 있는 이 일기장을 갖게 된 게 너무 기뻐… 꼭 주머니에 넣고 다닐 수 있는 친구를 가진 것 같아…*"

　리들이 어울리지 않게 거만하고 차갑게 웃었다. 해리는 그 웃음소리를 듣자 소름이 쫙 끼치며 머리털이 곤두섰다.

　"난 말야, 해리, 내가 필요한 사람들에게 언제나 마법을 걸 수 있었어. 그래서 지니는 내게 마음을 다 털어놓았고, 그 애의 마음은 내가 바라는 대로 되었지… 난 그 애의 가장 깊은 두려움과, 가장 어두운 비밀들을 먹고 점점 더 강해졌어. 그리고 난 어린 그 애보다 훨씬 더 강력해졌어. 그 애에게 내 비밀 몇 가지를 알려줄 수 있을 정도로, 나도 내 마음 일부를 그 애에게 털어놓을 정도로 강력해졌지…."

　"그게 무슨 말이니?" 해리는 입이 바짝바짝 말랐다.

　"아직도 모르겠니, 해리 포터?" 리들이 부드럽게 말했다. "지니 위즐리가 비밀의 방을 열었어. 그 애는 학교의 수탉들을 목을 비틀어 죽였고 벽에다 위협적인 말들을 써놓았어. 그 애는 슬리데린의 뱀을 부추겨 네 명의 잡종과 저 스큅의 고양이를 습격하게 했어."

"아냐." 해리가 작은 소리로 말했다.

"그래." 리들이 조용하게 말했다. "물론, 그 애는 처음에는 자신이 무얼 하고 있는지 알지 못했어. 그건 아주 재미있었어. 네가 그 애가 일기장에 쓴 걸 보았더라면… 훨씬 더 재미있었을 거야, 그 내용들은 이런 거야… *친애하는 톰에게,*" 그가 충격 받은 해리의 얼굴을 계속 바라보며 낭독했다. "*난 기억상실증에 걸린 것 같아. 내 망토가 온통 수탉 깃털 투성이인데 어떻게 해서 그렇게 된 건지 모르겠단 말야. 친애하는 톰, 난 할로윈 날 밤에 내가 무얼 했는지 전혀 기억이 나지 않는데, 고양이 한 마리가 습격 받았고 내 앞자락에는 온통 페인트가 묻어 있었어. 친애하는 톰, 퍼시 오빠는 계속해서 내 얼굴이 창백하고 나 같지가 않다고 말해. 오빠가 날 의심하는 것 같아… 오늘 또 습격이 있었는데 난 내가 어디에 있었는지 모르겠어. 톰, 난 어떻게 해야 하지? 꼭 미쳐 가는 것 같아… 모든 사람을 습격하고 있는 게 바로 나인 것 같아, 톰!*"

해리가 주먹을 불끈 쥐자, 손톱이 손바닥을 깊이 찔렀다.

"어리석은 지니가 자신의 일기장을 믿지 않게 될 때까지는 아주 오랜 시간이 걸렸어." 리들이 말했다. "하지만 그 애는 마침내 수상쩍게 여기고 그걸 없애려고 했어. 그런데 다른 사람도 아닌 네가 바로 그걸 발견했던 거야, 해리. 난 얼마나 기뻤는지 몰라. 하고 많은 사람들 중에서, 내가 가장 만나고 싶어하는 네가 그걸 주웠으니까 말야…"

"왜 나를 만나고 싶어했는데?" 해리가 물었다. 화가 치밀었지만 그는 목소리가 떨리지 않도록 안간힘을 썼다.

"글쎄, 지니가 늘 내게 너에 대해서 말했거든, 해리." 리들이 말했다. "아주 재미있는 너의 이야기를 모두 말야." 그가 한층 더 동경하는 눈길로 해리의 이마에 있는 흉터를 바라보았다. "난 너에 대해 더 많은 걸 알아내고, 너에게 말을 걸고, 할 수만 있다면 너를 만나고 싶었지. 그래서 난 네게 한때 유명했던 사건인, 내가 저 멍청이 해그리드를 잡는 모습을 보여주기로 했지, 너의 신임을 얻기 위해서 말야—"

"해그리는 내 친구야." 어느새 해리의 목소리가 떨리고 있었다. "그리고 넌 그를 모함했어, 안 그래? 네가 뭘 좀 착각한 것 같은데, 하지만—"

리들이 또 한번 거만하게 웃었다.

"나는 해그리드와 정반대되는 진술을 했어, 해리. 글쎄, 늙은 아르만도 디펫이 누구의 말을 믿었겠니. 한쪽 손에는, 가난하지만 똑똑하고, 부모는 없지만 용감하고, 학교 반장이고, 모범학생인 톰 리들이 있고… 다른 쪽 손에는, 늑대인간 새끼를 침대 밑에서 기르려고 하거나, 금지된 숲으로 몰래 숨어 들어가 괴물 트롤들과 맞붙어 싸우거나, 2주일에 한번 꼴로 말썽을 일으키는 몸집이 큰 실수투성이 해그리드가 있다면 말야… 하지만 인정해, 나도 그 계획이 그렇게 잘 먹혀 들어갈 줄은 몰랐어. 난 누군가는 틀림없이 해그리드가 슬리데린의 후계자가 아니라는 걸 알아낼 거라고 생각했어. 하지만 내가 비밀의 방에 대해 가능한 모든 것을 알아내고 그 비밀 입구를 발견하는 데도 꼬박 5년이 걸렸었어… 그러니 해그리드가 아무리 머리가 좋고, 또 힘이 세다 해도 그건 어림도 없는 소리지!

변신술 선생님인 덤블도어 교수만은 해그리드가 결백하다고 생각했던 것 같아. 그는 디펫을 설득해서 해그리드를 학교에 남겨두고 사냥터지기로 훈련시켰지. 그래, 덤블도어 교수는 그저 추측했던 것 같아. 덤블도어 교수는 다른 선생님들만큼 날 좋아하지 않는 것 같았거든…."

"덤블도어 교수님은 분명 너의 마음을 꿰뚫어보았을 거야." 해리가 이빨을 뿌드득 갈며 말했다.

"글쎄, 그는 확실히, 해그리드가 쫓겨난 뒤에 날 계속 성가실 정도로 유심히 살폈어." 리들이 무심코 말했다. "난 학교에 있는 동안 다시 그 방을 여는 건 안전하지 못하다는 걸 알았지. 하지만 그걸 찾느라 그렇게 오랫동안 고생했는데, 거기서 그만둘 수는 없었어. 그래서 열 여섯 살의 내 삶을 하나하나 다 간직하는 일기장을 남기고 죽기로 했지, 언젠가, 운이 좋다면, 또 다른 사람이 내 뜻을 이어가서, 살라자르 슬리데린의 훌륭한 업적을 완성할 수 있도록 말야."

"그렇다면, 넌 완성하지 못한 거야." 해리가 의기양양해져서 말했다. "이번엔 아무도 죽지 않았어, 심지어 고양이조차도 말야. 몇 시간 후면 맨드레이크 약이 준비되어서 돌처럼 변했던 사람들이 모두 다시 정상으로 돌아올 거야—"

"내가 아직 말하지 않았던가." 리들이 조용히 말했다. "잡종들을 죽이는 일은 나와는 아무 상관이 없다구? 지난 몇 달 동안, 나의 새로운 표적은 사실— 너였어."

해리는 그를 뚫어지게 바라보았다.

"일기장이 다시 펼쳐졌는데, 내게 편지를 쓰고 있는 사람이 네가 아니고 지니였을 때 내가 얼마나 화가 났을지 한번 상상해봐. 그 애는 네가 그 일기장을 갖고 있는 걸 보고 전전긍긍해했어. 만약 네가 그 일기장의 사용 방법을 알아내서 내가 그애의 모든 비밀을 너에게 다 말하게 된다면? 심지어, 만약 내가 수탉들의 목을 비틀어 죽인 게 누구인지 네게 말한다면? 그래서 그 어리석은 아이가 네 기숙사 방에 사람이 아무도 없을 때까지 기다렸다가 그걸 다시 훔쳤던 거야. 하지만 난 어떻게 해야 하는지 알았지. 난 네가 슬리데린의 후계자를 추적하고 있는 게 분명하다고 생각했어. 지니가 너에 대해서 말해준 모든 이야기에 비추어 볼 때, 네가 그 수수께끼를 풀기 위해선 무슨 짓이든 할 거라는 걸 알았지— 특히 너의 가장 친한 친구 중 하나가 습격을 받는다면 말야. 그리고 지니는 또 네가 뱀의 언어를 말할 수 있기 때문에 전교생이 수군수군대고 있다고 말해주었어…

그래서 난 지니로 하여금 벽에다 작별 인사를 쓰게 한 뒤 이리로 내려오게 했어. 그 애는 발버둥치고 울다가 지쳐 쓰러져버렸어. 하지만 그 애는 얼마 못 살아… 일기장에, 내게 너무 많은 걸 쏟아주었거든. 마침내 내가 일기장을 떠나 밖으로 나올 정도로 말야… 지니와 함께 여기에 도착한 이후 난 네가 나타나길 쭉 기다렸어. 난 네가 올 줄 알았어. 네게 물어볼 게 많아, 해리 포터."

"예를 들면?" 해리가 여전히 주먹을 불끈 쥔 채 내뱉듯이 말했다.

"글쎄," 리들이 유쾌하게 미소지으며 말했다. "비범한 마법적 재능이라곤 전혀 없는 비쩍 마른 네가 어떻게 가장 위대한 마법사를 물리친 거지? 어떻게 넌 이마에 가벼운 상처만 입은 채 위기를 모면하고, 볼드모트 경의 힘은 파괴된 거지?"

이제 그의 동경에 찬 눈에 이상하게 붉은 빛이 번득였다.

"내가 어떻게 피했는지 왜 관심을 갖는 거지?" 해리가 천천히 말했다. "볼드모트는 너보다…"

"볼드모트는," 리들이 부드럽게 말했다. "나의 과거이자, 현재이자, 미래야, 해리 포터…"

그는 주머니에서 해리의 요술지팡이를 꺼내더니 공중에다, 희미하게 반짝이는 세 단어를 썼다.

톰 마볼로 리들(TOM MARVOLO RIDDLE)

그리곤 그가 그 지팡이를 한번 더 휘두르자, 그 문자들이 저절로 재배열되었다.

난 볼드모트야(I AM LORD VOLDMORT)

"알겠니?" 그가 속삭였다. "톰 리들은 호그와트에서 내가 사용하던 이름이었어, 물론 내 가장 친한 친구들에게만 말야. 하지만 내가 불결한 머글 아버지의 이름을 영원히 사용할 거라고 생각하니? 내 혈관에 어머니에게서 물려받은 살라자르 슬리데린의 피가 흐르고 있다고 해서? 그저 아내가 마녀라는 걸 알아냈다는 이유로 내가 태어나기도 전에 날 버린 더럽고, 야비한 머글 아버지의 이름을 계속 보존할 거라고 생각했니? 아냐, 해리— 난 새로운 이름을 만들었어, 내가 세상에서 가장 위대한 마법사가 되었을 때, 언젠가는 세상 모든 곳의 마법사들이 감히 입에 담기도 두려워할 그런 이름을 말야!"

해리는 무언가로 쾅 얻어맞은 기분이었다. 그는 성장해서 해리의 부모와 그렇게 많은 다른 사람들을 죽인 고아 소년, 리들을 멍하니 바라보고 있었다… 마침내 그는 가까스로 소리를 내어 말했다.

"넌 아냐." 나직했지만 그의 목소리는 증오로 가득 차 있었다.

"뭐가 아니라는 거지?" 리들이 날카롭게 말했다.

"세상에서 가장 위대한 마법사가 아니라구." 해리가 숨을 가쁘게 쉬며 말했다. "너와 네 추종자들을 실망시켜서 미안하긴 하지만, 세상에서 가장 위대한 마법사는 알버스 덤블도어 교수야. 모두들 그렇게 말해. 강했을 때조차도, 넌 감히 호그와트를 점거하지 못했어. 덤블도어 교수는 네가 학교에 있을 때 이미 널 꿰뚫어보았고 그는 여전히 널 섬뜩하게 해, 네가 어디에 숨어있든지 간에 말야—"

리들의 얼굴에서 미소가 사라지고, 아주 험악한 표정으로 변했다.

"하지만 덤블도어 교수는 이미 나 때문에 이 성에서 쫓겨났어!" 그가 씩씩대며 말했다.

"그는 네가 생각하는 것처럼 완전히 이 성을 떠난 게 아냐!" 해리가 맞받아 쳤다. 그는 그저 리들을 겁주고 싶어, 닥치는 대로 말하고 있었지만, 그게 사실이길 바랐다—

리들은 입을 열었다가, 딱 멈췄다.

어디선가에서 음악이 흘러나오고 있었다. 리들이 휙 돌아 빈 방을 뚫어지게 보았다. 그 음악 소리는 점점 더 커지고 있었다. 기분 나쁘고, 등골이 오싹하고, 섬뜩한 소리였다. 해리는 머리털이 곤두서는 걸 느꼈다. 가슴이 두방망이질을 했다. 그런데 음악 소리가 가슴속에서 진동하는 것처럼 커졌을 때, 가장 가까운 돌기둥 위에서 갑자기 불꽃이 타올랐다.

그리고 백조 만한 크기의 새빨간 새 한 마리가 그 기이한 음악 소리를 내며 나타났다. 그 새는 공작새의 꼬리처럼 길고 반짝이는 황금빛 꼬리와 어슴푸레 빛나는 발톱을 갖고 있었는데, 발에는 초라한 꾸러미가 하나 들려 있었다.

잠시 후 그 새는 해리에게로 곧장 날아와, 잡고 있던 초라한 꾸러미를 그의 발치에 떨어뜨리고는 느릿느릿 그의 어깨 위에 내려앉았다. 새가 커다란 날개를 접었을 때, 해리는 고개를 들어 그것의 길고 날카로운 황금빛 부리와 말똥말똥 빛나는 까만 눈을 보았다.

그 새가 노래를 멈췄다. 그리고 해리의 볼 옆에 조용히 앉아, 리들을 뚫어지게 바라보았다.

"그건 불사조야…" 리들도 날카로운 눈으로 그 새를 바라보 았다.

"폭스?" 해리가 속삭이듯이 말하자, 새가 황금빛 발톱으로 그의 어깨를 지그시 눌렀다.

"그러면 *그건—*" 리들이 폭스가 떨어뜨린 초라한 꾸러미를 바라보며 말했다. "그건 낡아빠진 마법의 분류 모자로군—"

정말 그랬다. 누덕누덕 기워지고, 해어지고, 더러운 그 모자 가 해리의 발치에 꼼짝 않고 놓여 있었다.

리들이 다시 큰소리로 웃기 시작했다. 마치 열 명의 리들이 동시에 웃고 있기라도 한 듯, 어두운 방이 쩌렁쩌렁 울렸다—

"이건 바로 덤블도어 교수가 널 지키기 위해 보낸 거야! 우 는 새와 낡은 모자! 좀 용기가 생기니, 해리 포터? 이제 좀 안 심이 돼?"

해리는 대답하지 않았다. 그는 비록 폭스나 분류 모자가 어 떤 쓸모가 있는지는 몰랐지만, 더 이상 혼자가 아니라는 생각 에 용기가 차 오르는 걸 느끼며 리들이 웃음을 멈출 때까지 기다렸다.

"아까 하던 얘기로 돌아가서, 해리." 리들이 여전히 노골적으 로 비웃으며 말했다. "우린 두 번— *너의 과거에, 나의 미래 에—* 만났어. 그리고 두 번 다 난 널 죽이지 못했어. *네가 어떻 게 살아남았던 거지?* 내게 다 말해 봐. 말만 하면," 그가 부드 럽게 덧붙였다. "살려줄게."

해리는 가능성들을 하나하나 따져보았다. 리들은 요술지팡이를 갖고 있었다. 그리고 해리는 폭스와 분류 모자를 갖고 있기는 했지만, 결투에는 둘 다 그다지 쓸모가 없을 것이다. 그렇다, 상황이 좋아 보이지 않았다… 하지만 리들이 저기에 오래 서 있으면 있을수록, 지니의 생명은 점점 더 줄어들 것이다… 그러는 사이, 해리는 리들의 윤곽이 점점 더 명확해지고, 점점 더 입체적으로 되어가고 있다는 걸 알아챘다… 만약 리들과 싸워야만 한다면, 빠를수록 좋았다.

"네가 날 공격했을 때 왜 힘을 잃었는지는 아무도 몰라." 해리가 불쑥 말했다. "나 자신도 몰라. 하지만 네가 왜 날 죽일 수 없었는지는 알아. 나의 어머니가 날 구하려다가 돌아가셨기 때문이야. 나의 비속한 *머글 태생* 어머니가 말야." 그가 치솟아오르는 분노를 애써 누르며 덧붙였다. "바로 그 분이 네가 날 죽이는 걸 막았어. 그리고 난 어른이 된 진짜 너를 본 적이 있어. 작년에 널 봤지. 넌 쇠약한 사람이야. 아니 넌 살아있다고도 할 수 없어. 너는 몸이 없으니까. 너의 모든 힘은 바로 그런 곳에 들어있는 거야. 넌 네 존재를 드러내지 못하고 늘 숨어살고 있어. 넌 추악하고, 더러워—"

리들의 얼굴이 일그러졌다. 그 뒤 그가 가까스로 끔찍한 억지 미소를 지어 보였다.

"그랬구나. 너의 엄마가 널 구하기 위해 돌아가셨구나. 그래, 그건 강력한 반대 마법이지. 난 이제 알았어… 어쨌든 네게는 특별한 게 아무 것도 없다는 걸 말야. 너도 그걸 알지 모르겠어. 하지만 우리들 사이엔 이상하게 닮은 점들이 있어. 너도 눈치는 챘을 거야. 둘 다 혼혈이고, 고아이고, 머글들의 손에서 자랐어. 아마 위대한 슬리데린 이후 호그와트에서 뱀의 언어를 할 수 있는 사람은 너하고 나 단둘뿐일 거야. 우린 심지어 생김새까지도 좀 닮았잖아… 하지만 아무튼, 네가 살아난 건 그저 행운에 지나지 않았어. 내가 알고 싶은 건 바로 그것뿐이야."

해리는 리들이 요술지팡이를 들어올리길 기다리며 초조하게 서 있었다. 그러나 리들의 일그러진 미소가 다시 펴지고 있었다.

"자, 해리, 우리 이렇게 하는 게 어떨까. 살라자르 슬리데린의 후계자 볼드모트 경의 힘과, 유명한 해리 포터와 덤블도어가 가지고 있는 최고의 무기들과 겨뤄보도록 하는 거야…"

그는 폭스와 분류 모자를 재미있다는 듯 흘끗 쳐다본 뒤 걸어갔다. 해리는 저린 다리로 두려움이 퍼져 약간 후들거리는 걸 느끼며, 리들이 높다란 돌기둥들 사이에 멈춰 서서 슬리데린의 돌 얼굴을 올려다보는 걸 바라보았다. 리들이 입을 열어 쉬쉬거리는 소리를 냈다—해리는 그가 하는 말을 분명하게 알아들을 수 있었다….

"호그와트의 네 창립자 중 가장 위대한 분이신 슬리데린이여, 말해주세요."

해리가 그 동상을 올려다보려고 몸을 돌리자, 어깨 위에서 폭스가 흔들렸다.

슬리데린의 거대한 돌 얼굴이 움직이고 있었다. 그리고 입이 점점 더 크게 벌어지더니 커다란 검은 구멍이 되었다. 해리는 무서움에 떨며 바라보고 서 있었다.

그 동상의 입 안에서 무언가가 움직이고 있었다. 무언가가 그 깊숙한 곳에서 미끄러지듯 올라오고 있었다.

해리는 두 눈을 꼭 감은 채로 벽 쪽으로 뒷걸음질쳤다. 폭스가 날아오르면서 그 한쪽 날개가 볼에 살짝 스치는 게 느껴졌다. 해리는 "날 떠나지 마!"라고 소리치고 싶었지만 그럴 수가 없었다. 불사조가 뱀의 왕에게 이길 가능성이 얼마나 될까?

무언가 커다란 것이 비밀의 방의 돌 바닥으로 떨어졌다. 해리는 그게 진저리를 치고 있는 걸 느꼈다—무슨 일이 벌어지고 있는지 알 것 같았다, 느낄 수 있었다, 슬리데린의 입에서 나온 그 거대한 뱀이 똬리를 풀고 있는 모습이 눈에 선했다. 그 때 리들의 쉬쉬거리는 목소리가 들렸다.

"그를 죽여."

바실리스크가 해리 쪽으로 움직였다. 육중한 몸체가 먼지투성이의 바닥으로 미끄러지듯 주르르 움직이는 소리가 들렸다. 그는 여전히 눈을 꼭 감은 채로, 양손을 쭉 펴서 벽을 더듬으면서 무턱대고 옆으로 달아나기 시작했다—리들이 웃고 있었다—

해리는 발을 헛디디는 바람에 돌 바닥으로 세게 넘어졌다—뱀은 이제 30센티미터도 떨어져 있지 않았다. 그는 그것이 다가오는 걸 느낄 수 있었다.

바로 그 때 위에서 커다란 폭발 소리가 나더니, 무언가 무거운 것이 해리를 세게 쳤다. 그는 순식간에 벽으로 내던져졌다. 송곳니들이 몸 속으로 쑥 들어오길 기다리는 동안, 더 미친 듯이 쉬쉬거리는 소리와, 무언가가 돌기둥들에서 떨어져 거세게 몸부림치고 있는 소리가 들렸다—

그는 어쩔 수가 없었다—무슨 일이 벌어지고 있는 건지 볼 수 있을 정도로만 살짝 실눈을 떴다.

오크 나무 몸통만큼 굵은, 불쾌하기 짝이 없는 거대한 밝은 초록색 뱀의 뭉뚝한 머리가 공중에서 돌기둥들 사이를 술에 취한 듯이 누비고 다니고 있었다. 뱀이 고개를 돌릴 경우 얼른 눈감을 준비를 하고 부들부들 떨고 있을 때, 그는 뱀의 주의를 흐트러지게 한 게 무엇인지 보았다.

뱀의 머리 위에서 폭스가 날고 있었다. 바실리스크는 뾰족하고 긴 송곳니를 드러내고 미친 듯이 그 새에게로 달려들고 있었다—

폭스가 갑자기 급강하했다. 그리고 긴 황금빛 부리가 눈앞에서 사라지는가 싶더니 검은 피가 바닥으로 후두두후두두 튀었다. 뱀의 꼬리가 해리 옆으로 살짝 스치고 지나갔다. 그 순간 해리가 미처 눈을 감기도 전에, 그것이 고개를 홱 돌렸다—뱀의 얼굴을 똑바로 바라보게 된 해리는 깜짝 놀랐다. 그 두 눈이, 커다란 구근 모양의 노란 눈이 불사조에게 찔려 구멍이 뻥 뚫려 있었다. 그리고 뱀은 피를 줄줄 흘리며 고통스럽게 몸부림치고 있었다.

"안돼!" 해리는 리들이 외치는 소리를 들었다. "그 새는 내버려 둬! 그 새는 내버려 둬! 그 남자아이는 네 뒤에 있어! 아직 냄새는 맡을 수 있잖아! 그 애를 죽여!"

눈 먼 뱀이 혼란스러운지, 여전히 미친 듯이 고개를 좌우로 흔들었다. 폭스가 피를 줄줄 흘리고 있는 뱀의 머리 주위를 빙빙 돌며, 등골이 오싹한 노래를 부르고 있었다.

"도와주세요, 도와주세요." 해리가 무턱대고 중얼거렸다. "누구든— 아무나—"

뱀의 꼬리가 다시 바닥을 세차게 때렸다. 해리는 몸을 홱 구부렸다. 무언가 부드러운 게 얼굴을 쳤다.

바실리스크가 분류 모자를 해리의 팔 쪽으로 휙 날려보냈던 것이었다. 해리는 그것을 얼른 잡았다. 이제 남은 건 그것뿐이었다. 그게 유일한 희망이었다—그는 모자를 머리에 푹 눌러 썼다. 그때 바실리스크의 꼬리가 다시 한번 스치자 그는 몸을 던져 바닥에 납작하게 엎드렸다.

도와주세요… 도와주세요…: 해리는 모자 밑에서 눈을 가늘게 뜨고 간절히 빌었다. 제발 도와주세요—

응답하는 목소리는 없었다. 대신, 마치 보이지 않는 손이 꽉 조이기라도 하는 듯 모자가 오그라들었다.

그리고 무언가 아주 딱딱하고 무거운 것이 머리 위로 쿵 떨어졌다. 그는 거의 기절하기 직전이었다. 눈앞에서 별들이 왔다갔다했다. 모자를 벗으려고 손을 올리자 뭔가 길고 딱딱한 게 만져졌다.

모자 안에서 번득이는 은빛 칼이 나타났다. 칼자루가 달걀

만한 루비들로 반짝반짝 빛나고 있었다.

"그 애를 죽여! 그 새는 내버려 둬! 그 아이는 네 뒤에 있어— 냄새를 맡아봐!"

해리는 칼을 들고 일어섰다. 바실리스크가 몸통을 똘똘 감자, 머리가 낮아지고 있었다. 뱀이 몸을 홱 비틀어 해리 쪽을 보았다. 바실리스크가 커다란 눈구멍은 피투성이가 된 채, 그의 칼만큼이나 길고, 뾰족한, 독이 있는 송곳니들을 번득이며 그를 통째로 삼킬 듯이 입을 크게 쩍 벌리고 있었다—

뱀은 무턱대고 그에게로 돌진했다— 해리가 몸을 홱 피하자 벽을 쳤다. 뱀은 다시 돌진했다. 갈라진 혓바닥이 해리의 옆구리를 쳤다. 그 때 그는 양손으로 칼자루를 움켜쥐고 칼을 높이 들어올렸다—

바실리스크가 이번엔 정확하게 해리 쪽으로 다시 돌진했다—해리는 칼에 온몸의 무게를 싣고 냅다 달려가 칼을 뱀의 입천장으로 쑥 집어넣었다—

그 때 따뜻한 피가 팔에 흥건히 젖으며 팔꿈치에 찌르는 듯한 통증이 느껴져왔다. 독이 든 길다란 송곳니 하나가 그의 팔로 점점 더 깊숙이 들어가다가, 바실리스크가 갑자기 경련을 일으키며 바닥으로 쓰러지자 뚝 부러졌다.

해리는 서서히 벽 쪽으로 옮겨갔다. 그는 몸 속으로 독을 퍼뜨리고 있는 송곳니를 단단히 쥐고 팔에서 힘껏 잡아 뺐다. 그러나 이미 너무 늦었다는 걸 알았다. 통증이 서서히 그리고 끊임없이 온몸으로 퍼져나가고 있었다. 송곳니가 떨어지고 피가 망토를 적시면서, 점차 시야가 흐릿해졌다. 그 방이 분명치 않은 여러 가지 색으로 흔들리고 있었다.

진홍색 점 하나가 휙 지나가더니, 옆에서 발톱이 부드럽게 달가닥달가닥거리는 소리가 들렸다.

"폭스." 해리가 탁한 목소리로 말했다. "정말 잘했어, 폭스…." 그 새가 뱀의 송곳니가 관통했던 자리에 아름다운 머리를 내려놓는 게 느껴졌다.

발자국 소리가 울려 퍼지더니 검은 그림자 하나가 그의 앞으로 움직였다.

"넌 이제 죽을 거야, 해리 포터." 그의 몸 위쪽에서 리들의 목소리가 말했다. "죽을 거라구. 덤블도어의 새도 그걸 알고 있어. 그 새가 뭘 하고 있는지 보이니, 포터? 네가 죽는 게 슬퍼서 울고 있어."

해리는 눈을 깜작였다. 폭스의 머리가 또렷해졌다 흐릿해졌다 했다. 굵은, 진주 같은 눈물 방울들이 윤기 나는 깃털 아래로 똑똑 떨어지고 있었다.

"난 여기에 앉아서 네가 죽는 걸 지켜볼 거야, 해리 포터. 천천히 해. 난 급하지 않으니까."

해리는 몸이 나른해지는 걸 느꼈다. 주위에 있는 모든 게 빙글빙글 돌고 있는 것 같았다.

"유명한 해리 포터가 그렇게 죽는군." 리들의 목소리가 아득하게 들려왔다. "비밀의 방에서 혼자, 친구들에게 버림받은 채, 너무나 어리석게 도전했던 어둠의 왕에게 패배해서 말야. 넌 곧 너의 소중한 잡종 엄마에게로 돌아갈 거야, 해리…. 그녀는 뜻하지 않게 널 12년간을 더 살게 해주었지만… 볼드모트 경이 결국 널 죽였어, 너도 그가 반드시 그렇게 하리라는 걸 알고 있었겠지만 말야…"

이게 만약 죽어 가고 있는 거라면, 그다지 나쁘지는 않다고 해리는 생각했다.

통증조차도 서서히 사라지고 있었다….

그러나 이게 죽어 가고 있는 걸까? 정신이 혼미해지는 게 아니라, 오히려 다시 또렷해지고 있는 것 같았다. 해리는 머리를 살짝 흔들었다. 폭스가 여전히 팔에 머리를 대고 있었다. 진주 같은 눈물 방울들이 상처 주위에서 반짝이고 있었다— 그런데 이상하게도 상처가 전혀 없었다—

"떨어져." 갑자기 리들의 목소리가 말했다. "그에게서 떨어져— 떨어지란 말야!"

해리가 머리를 들었다. 리들이 해리의 지팡이를 폭스에게 들이대고 있었다. 펑 하고 총소리 같은 게 들리더니 폭스가 황금빛과 진홍빛 날개를 휘저으며 다시 날아올랐다.

"불사조의 눈물…." 리들이 해리의 팔을 빤히 바라보며 조용히 말했다. "물론… 치유하는 힘이… 내가 깜빡했어…."

그가 해리의 얼굴을 들여다보았다. "하지만 그건 중요하지 않아. 사실, 난 오히려 이렇게 되는 게 더 좋아. 너와 나 단둘이서 겨룰 수 있게 되었으니까, 해리 포터… 너와 나…"

그가 지팡이를 들어올렸다—

그 때, 갑자기 날갯짓하는 소리가 나더니, 폭스가 머리 위로 날아와 해리의 무릎에 무언가를 떨어뜨렸다 ― 일기장이었다.

일순간, 여전히 지팡이를 들어올리고 있는 리들과 해리 모두 그것을 바라보았다. 그리고 아무 생각도 없이, 무턱대고, 마치 처음부터 그렇게 하려고 작정하기라도 한 듯, 해리가 옆에 있는 바실리스크의 송곳니를 잡아 일기장 한가운데로 내던졌다.

귀를 찢는 듯한 무섭고 긴 비명 소리가 들렸다. 일기장에서 잉크가 펑펑 쏟아져 나오더니 해리의 손으로 흘러내려 바닥에 흥건히 고였다. 리들이 비명을 지르며 괴로워서 몸부림쳤다. 그리곤―

그가 사라졌다. 해리의 지팡이가 딱 하며 바닥으로 떨어지더니 정적이 흘렀다. 그저 일기장에서 잉크가 끊임없이 똑똑 새어나오는 소리만 들릴 뿐이었다. 바실리스크의 독 때문에 일기장이 타는 듯이 녹아내려 구멍이 생겼던 것이었다.

해리는 부들부들 떨면서, 몸을 일으켰다. 마치 플루 가루를 타고 몇 시간을 여행한 것처럼 머리가 어질어질했다. 그는 천천히 지팡이와 분류 모자를 집어들고, 바실리스크의 입천장에서 반짝이고 있는 칼을 힘껏 잡아 뺐다.

그 때 방 끝에서 희미한 신음소리가 들렸다. 지니가 움직이고 있었다. 해리가 허둥지둥 그녀에게로 가자, 그녀가 힘겹게 일어나 앉았다. 그녀의 멍한 눈이 죽은 바실리스크의 거대한 몸에서부터, 피에 푹 젖은 망토를 입고 있는 해리에게로, 그리고 그의 손에 들려있는 일기장으로 옮겨갔다. 그녀가 숨막힐 것 같은 오싹한 소리를 내더니 눈물이 얼굴로 하염없이 흘러 내렸다.

"아-아침 식사시간에 말하려고 했었어, 하지만 퍼시 오빠 앞에서는 그 말을 할 수가 없었어— 내가 그런 거였어, 해리— 하지만 난-난 매-맹세코 그럴 마음은 없었어— 리-리들이 내가 그렇게 하도록 시켰어, 그가 내 몸 속에 드-들어왔어— 그런데— 어떻게 저걸 죽였지— 저걸 말야? 리들은 어-어디에 있지? 그가 일기장에서 나오던 기-기억이 나는데—"

"이제 괜찮아." 해리가 일기장을 위로 치켜들고, 지니에게 송곳니 구멍을 보여주며 말했다.

"리들은 사라졌어. 봐! 바실리스크도 죽었잖아. 자, 지니, 여기서 나가자—"

"난 학교에서 쫓겨날 거야!" 해리가 어설프게 그녀가 일어서는 걸 도와줄 때 지니가 울먹이며 말했다. "난 비-빌 오빠가 들어온 이후 죽 호그와트에 들어오길 고대해 왔었는데 이-이제 어쩔 수 없이 떠나야 할 거야— *엄마와 아빠가 뭐-뭐라고 하실까?*"

폭스가 방 입구에서 날아다니며, 그들을 기다리고 있었다. 해리는 지니를 앞으로 걸어가게 했다. 그들은 돌돌 말려진 죽은 바실리스크의 몸통을 넘어가 다시 터널로 갔다. 돌문이 뒤에서 쉿 하며 닫히는 소리가 들렸다.

어두운 터널을 몇 분쯤 걸어가자, 천천히 돌을 옮기는 소리가 어렴풋이 들렸다.

"론!" 해리가 걸음을 빨리 하며 소리쳤다. "지니는 괜찮아! 그 애를 찾았어!"

숨넘어갈 듯이 환호하는 소리가 들리더니, 다음 모퉁이를 돌았을 때 론이 돌덩이들을 치워서 용케 만들어놓은 꽤 큰 틈새로 빤히 내다보고 있었다.

"지니!" 론이 바위 틈새로 한쪽 팔을 내밀어 그녀를 잡아끌었다. "살아있었구나! 믿어지지 않아! 어떻게 된 거니? 어떻게— 뭐야— 저 새는 어디서 온 거야?"

폭스가 지니를 따라 그 틈새로 휙 날아들었다.

"저건 덤블도어 선생님의 새야." 해리가 비집고 빠져 나오며 말했다.

"그런데 그 칼은 어디서 난 거니?" 론이 해리의 손에 들려있는 반짝이는 칼을 멍하니 바라보며 말했다.

"여기서 나가면 설명해줄게." 해리가 점점 더 흐느껴 울고 있는 지니를 흘끗 바라보며 말했다.

"하지만—"

"나중에." 해리가 무뚝뚝하게 말했다. 아직은 론에게 누가 비밀의 방을 열었는지 말하지 않는 게 좋겠다고 생각했다. 어쨌든 지니 앞에서는 그러지 않는 게 좋을 것 같았다. "록허트 교수는 어디에 있니?"

"저 뒤에." 론이 여전히 어리둥절한 표정으로 고개로 수도관 쪽을 가리키며 말했다. "그는 상태가 아주 안 좋아. 가서 봐."

폭스의 널따란 진홍색 날개들이 어둠 속에서 부드러운 황금빛을 냈으므로, 그들은 새의 안내를 받으며, 수도관 입구 쪽으로 걸어갔다. 질데로이 록허트 교수가 거기에 앉아 조용히 중얼거리고 있었다.

"그는 기억상실증에 걸렸어." 론이 말했다. "기억력 마법이 잘못해서 우리가 아니라 그에게 걸렸던 거야. 자기가 누군지, 지금 어디에 있는지, 우리가 누군지도 전혀 몰라. 내가 그에게 이리로 와서 기다리라고 했어."

록허트 교수가 선한 눈길로 그들을 빤히 바라보았다.

"안녕." 그가 말했다. "이상한 곳이야, 이곳 말야, 안 그래? 너희들 여기에 사니?"

"아뇨." 론이 눈썹을 치켜올리며 해리를 보았다.

해리가 허리를 굽혀 길고 어두운 수도관을 올려다보았다.

"이 위로 다시 어떻게 올라갈지 생각해봤니?" 그가 론에게 말했다.

론이 고개를 가로 저었다. 하지만 해리 옆으로 날아와 있던 불사조 폭스가 이제 어둠 속에서 구슬 같은 두 눈을 빛내며, 날개를 퍼덕였다. 그 새는 길다란 황금빛 꼬리 깃털을 흔들고 있었다. 해리가 무슨 뜻인지 모르겠다는 표정을 지었다.

"너더러 잡으라는 것 같아…" 론이 난처한 표정으로 말했다. "하지만 새가 널 저 위까지 끌어올릴 수 있을까—"

"폭스는," 해리가 말했다. "평범한 새가 아냐." 그가 얼른 다른 사람들에게 고개를 돌렸다. 서로서로 잡는 거야. 지니, 론의 손을 잡아. 록허트 교수는—

"당신을 말하는 거예요." 론이 록허트 교수에게 날카롭게 말했다.

"지니의 손을 잡으세요—"

해리가 칼과 분류 모자를 허리띠에 밀어 넣자, 론이 해리의 망토 자락을 잡았다. 해리는 손을 뻗어 이상하게 뜨거운 폭스의 꼬리 깃털을 잡았다.

몸이 굉장히 가벼워지는 것 같더니 어느새 그들이 수도관 속을 날고 있었다. 해리는 록허트 교수가 지니의 밑에 대롱대롱 매달려서, "놀라워! 놀라워! 꼭 마법 같아!"라고 말하는 소리를 들을 수 있었다. 차가운 공기가 머리카락 사이로 휙휙 스며드는가 싶더니, 새를 타고 날아가는 기분을 미처 즐기기도 전에, 비행이 끝나버렸다—네 사람은 모우닝 머틀의 화장실 바닥에 도착해 있었다. 록허트 교수가 모자를 똑바로 썼을 때, 그 수도관을 숨겼던 세면대가 스르르 제자리로 돌아오고 있었다.

머틀이 눈을 부릅떴다.

"살아있었네." 그녀가 해리에게 멍하니 말했다.

"그렇게 너무 드러내놓고 실망하지 마." 그가 안경에서 핏자국과 점액을 닦아내며 험악하게 말했다.

"오, 뭐랄까… 난 그저… 만약 네가 죽는다면, 기꺼이 내 화장실에 같이 있게 해주겠다고 생각했을 뿐이야." 머틀의 얼굴이 부끄러움으로 은백색으로 변했다.

"욱!" 론이 화장실에서 인적이 끊긴 어두운 복도로 나가며 말했다. "해리! 머틀이 널 좋아하게 된 것 같아! 너 경쟁자 생겼다, 지니!"

하지만 지니의 얼굴에서는 여전히 소리 없이 눈물이 주르륵 주르륵 흘러내리고 있었다.

"이제 어디로 가지?" 론이 걱정스런 눈으로 지니를 바라보며 말했다. 해리가 손가락으로 폭스를 가리켰다.

폭스가 황금빛을 내며 길을 안내해주고 있었다. 새를 따라 걸어간 그들은 잠시 뒤, 맥고나걸 교수의 사무실 문 밖에 도착했다.

해리는 노크를 하고 문을 밀어 열었다.

제 *18*장

도비의 보답

해리와 론과 지니와 록허트는 오물과 점액과 피(해리의 경우)로 뒤덮인 채 문간에 잠시 말없이 서 있었다. 그 뒤 외침 소리가 들렸다.

"지니!"

벽난로 앞에 앉아 울고 있던 위즐리 부인이 벌떡 일어나 위즐리 씨와 함께 딸에게로 달려갔다.

해리는 그러나 그들 옆을 바라보고 있었다. 덤블도어 교수가 벽난로 옆에 서서, 밝게 미소짓고 있었다. 그의 옆에는 맥고나걸 교수가 가슴을 움켜쥐고 끊임없이 헐떡이고 있었다. 폭스가 해리의 귓가를 휙 스쳐날아가 덤블도어 교수의 어깨

위에 앉자, 위즐리 부인이 해리와 론을 꼭 껴안았다.

"너희들이 지니를 구했구나! 너희들이 지니를 구했어! 그런데 어떻게 구한 거니?"

"그건 우리 모두가 궁금해하는 일이에요." 맥고나걸 교수가 말했다.

위즐리 부인이 해리를 놓아주자, 그가 잠시 망설이다가 책상으로 걸어가 그 위에 분류 모자와 루비가 박힌 칼과 남아있는 리들의 일기장을 올려놓았다.

그리고 그들에게 모든 걸 말하기 시작했다. 거의 15분 동안 사람들은 넋을 빼앗긴 채 조용히 그의 말에 빠져들었다. 그는 그들에게 형체가 없는 목소리를 들은 거며, 헤르미온느가 마침내 그가 수도관에 있는 바실리스크의 소리를 듣고 있다는 걸 깨달은 거며, 또 론과 함께 거미들을 따라 숲속으로 들어갔는데, 그곳에서 아라고그가 그들에게 바실리스크의 마지막 희생자가 어디서 죽었는지를 말해준 거며, 모우닝 머틀이 그 희생자였다는 거며, 비밀의 방 입구가 그녀의 화장실에 있을 거라고 추측한 것 등등을 말했다….

"그랬구나." 그가 말을 잠시 멈추자 맥고나걸 교수가 한 마디 거들었다. "그렇게 해서 너희들이 그 입구가 어디에 있는지 알아낸 거로구나— 그동안 죽 수백 가지의 규칙을 하나하나 어기며 말이지— 그런데 도대체 너희들 모두 거기서 어떻게 살아 나온 거니, 포터?"

그래서 해리는 그동안 있었던 일들을 한꺼번에 다 말하느라 이제 목이 점점 쉬어가고 있었음에도, 딱 알맞게 도착한 폭스와 그에게 칼을 준 분류 모자에 대해 말해 주었다. 하지만 그때 그는 움찔했다. 그는 지금까지 리들의 일기장과— 혹은 지니에 대해 말하는 걸 의식적으로 피해왔다. 위즐리 부인의 어깨에 머리를 대고 서 있는 지니의 얼굴에서는 여전히 눈물이 조용히 흘러내리고 있었다. 만약 그들이 그 애를 쫓아내면 어떡하지? 해리는 당황해서, 그들이 그러지 못하게 할 방법이 없을까 잠시 생각했다. 그러나 리들의 일기장은 이제 아무 효력이 없었다…. 그 애가 그 모든 짓을 하도록 시킨 게 바로 톰 리들이었다는 걸 어떻게 입증할 수 있단 말인가?

해리는 무심결에 덤블도어 교수를 바라보았다. 희미하게 미소 짓고 있는 그의 반달 모양의 안경에 벽난로 불빛이 스쳤다.

"난 무엇보다도," 덤블도어 교수가 점잖게 말했다. "볼드모트가 어떻게 지니에게 마법을 걸었는가가 가장 궁금하단다, 내 소식통에 의하면 그는 현재 알바니아의 숲속에 숨어있다고 했거든."

해리는 안도감, 따뜻하고 모든 문제가 해소되는 듯한 기분 좋은 안도감을 느꼈다.

"그게 무슨 말이니?" 위즐리 씨가 어리벙벙한 목소리로 해리에게 물었다. "그 사람이? *지니*에게 마법을 걸었다구? 하지만 지니는… 설마 지니가… 그랬니?"

"이 일기장이 그런 거예요." 해리가 일기장을 집어 덤블도어 교수에게 보여주며 얼른 말했다. "리들이 열 여섯 살 때 이 일기를 썼어요⋯."

덤블도어 교수가 해리에게서 일기장을 가져가 그을고 푹 젖은 페이지 속에 구부러진 긴 코를 박고 자세히 들여다보았다.

"기막히구나." 그가 부드럽게 말했다. "물론, 그는 호그와트에 있었던 학생 중 가장 뛰어난 학생이었을 게야." 그가 완전히 어리둥절한 표정을 짓고 있는 위즐리 부부에게로 돌아섰다.

"볼드모트가 한때 톰 리들로 불렸다는 건 아주 극소수의 사람들만 아는 사실입니다. 저는 50년 전에 호그와트에서 그 애를 가르쳤어요. 그 애는 학교를 떠난 뒤 사라졌죠⋯. 두루 여행을 하고 다니다가⋯ 어둠의 마법에 깊이 빠져, 아주 몹쓸 마법사와 사귀게 되면서, 얼마나 위험하고 신비한 변신술들을 경험했던지, 그 애가 볼드모트로 다시 나타났을 때, 알아보는 사람이 거의 없었어요. 볼드모트가 한때 이곳에서 전교 수석이었던 그 똑똑하고, 잘생긴 소년이라는 걸 아무도 몰랐어요."

"그런데, 지니." 위즐리 부인이 말했다. "우리 지니가 그-그와 무-무슨 관계가 있는 거죠?"

"그의 이-일기장이에요!" 지니가 흐느껴 울며 말했다. "전 그 안에 글을 썼고, 그는 일년 동안 다-답장을 써주었어요—"

"지니!" 위즐리 씨가 깜짝 놀라며 말했다. "아빠가 뭐라 그랬니? 아빠가 항상 뭐라고 했니? 아무 거나 그렇게 덥석덥석 믿지 말라고 했잖니. 왜 그 일기장을 아빠나, 엄마께 보여주지 않았니? 그런 수상쩍은 물건은, 그건 분명히 어둠의 마법으로 가득 차 있을 텐데—"

"전 모-몰랐어요." 지니가 훌쩍거렸다. "그건 엄마가 주신 책들 속에 들어 있었어요. 전 누군가가 그걸 그 안에 놔두고 잊어버렸다고 새-생각했어요…."

"위즐리 양은 즉시 병동으로 가야 합니다." 덤블도어 교수가 단호한 목소리로 말을 가로막았다. "이건 그 아이에겐 대단한 시련이었어요. 처벌은 없을 겁니다. 그 애보다 더 나이 들고 더 현명한 마법사였더라도 볼드모트에게는 속아넘어갔을 겁니다." 그가 성큼성큼 걸어가 문을 열었다. "침대에 누워서 김이 나는 따뜻한 코코아 한잔 마셔보거라. 난 늘 그렇게 하면 기분이 좋아지더구나." 그가 그녀에게 다정하게 눈을 깜박이며 덧붙였다. "폼프리 부인은 아직 주무시지 않을 게야. 막 맨드레이크 주스를 나눠주고 계셨거든— 바실리스크의 희생자들이 아마 곧 깨어날 게다."

"그러면 헤르미온느도 괜찮겠군요!" 론이 밝게 말했다.

"모두가 다 무사하니 걱정 말거라, 지니." 덤블도어 교수가 말했다.

위즐리 부인이 지니를 나가게 하자, 위즐리 씨는 여전히 뭐가 뭔지 전혀 모르겠다는 표정으로 뒤따라 나갔다.

"그런데 말이오, 미네르바." 덤블도어 교수가 생각에 잠겨 맥고나걸 교수에게 말했다. "아이들에게 연회를 베풀어주는 게 좋을 것 같구려. 주방에 가셔서 좀 알려주시지 않겠소?"

"좋아요." 맥고나걸 교수가 시원시원하게 말하며, 문 쪽으로 걸어갔다. "포터와 위즐리의 처리 문제는 교수님께 맡겨도 되겠죠?"

"물론이오." 덤블도어 교수가 말했다.

그녀가 떠나자, 해리와 론은 어리둥절한 표정으로 덤블도어 교수를 뚫어지게 보았다. 맥고나걸 교수가 말한 '그들의 처리 문제'라는 건 정확히 무슨 뜻일까? 설마— 설마— 징계 받지는 않겠지?

"내가 너희 둘에게 한 번만 더 학교 규칙을 어기면 퇴학시키겠다고 말했었지, 아마." 덤블도어 교수가 말했다.

두려움으로 론의 입이 쩍 벌어졌다.

"하지만 그건 우리들 대부분이 때로 어쩔 수 없이 약속을 어겨야만 한다는 걸 잘 보여주는 좋은 예가 된 것 같구나." 덤블도어 교수가 미소를 지으며 계속했다. "너희 둘 모두 특별 공로상을 받게 될 게다— 어디 보자— 그래, 한 사람당 200점씩을 줘야겠구나."

론이 록허트 교수의 발렌타인 꽃들만큼이나 밝은 핑크빛으로 얼굴을 붉히며 다시 입을 다물었다.

"그런데 한 사람은 이 위험한 모험담에 대해 자랑을 늘어놓을 만도 한데, 계속 아무 말 없이 굉장히 조용히 있는 것 같군." 덤블도어 교수가 덧붙였다. "왜 그렇게 가만히 있나, 질데로이?"

해리는 깜짝 놀랐다. 그는 록허트 교수에 대해선 까맣게 잊고 있었다. 고개를 돌리자 록허트 교수가 여전히 희미한 미소를 지으며, 방 한쪽 구석에 서 있었다. 덤블도어 교수가 말을 걸자, 록허트 교수는 그가 누구에게 말하고 있는지 보려고 어깨 너머를 둘레둘레 살폈다.

"덤블도어 교수님." 론이 얼른 말했다. "비밀의 방에서 사고가 있었어요. 록허트 교수님은—"

"내가 교수라구?" 록허트가 약간 놀라며 말했다. "어이구, 난 내가 가망이 없다고 생각했는데?"

"저 교수님이 저희들에게 기억력 마법을 걸려고 했는데 지팡이에서 주문이 그만 거꾸로 튀어나갔어요." 론이 덤블도어 교수에게 조용히 설명했다.

"저런." 덤블도어 교수가 고개를 가로젓자, 그의 긴 은빛 수염이 흔들렸다. "제 칼에 찔린 게로군, 질데로이!"

"칼이오?" 록허트 교수가 어렴풋이 말했다. "칼 가진 적 없는데요. 저 애가 가졌죠." 그가 해리를 가리켰다. "저 애가 하나 빌려드릴 거예요."

"록허트 교수를 병동으로 모셔가겠니?" 덤블도어 교수가 론에게 말했다. "해리에게 몇 마디 더 할말이 있어서 말이다…"

록허트 교수가 느릿느릿 걸어나왔다. 론이 호기심에 찬 눈길로 덤블도어 교수와 해리를 한번 흘끗 바라본 뒤 문을 닫았다.

덤블도어 교수는 벽난로 옆에 있는 한 의자에 걸터앉았다.

"앉거라, 해리." 그가 이렇게 말하자, 해리는 까닭 모를 불안감을 느끼며 자리에 앉았다.

"우선, 해리, 네게 고마움을 전하고 싶구나." 덤블도어 교수가 다시 눈을 반짝이며 말했다. "네가 진정으로 나를 신뢰하고 있다는 사실을 저 아래 비밀의 방에서 확인시켜 준 게 틀림없는 것 같구나. 만약 그렇지 않았다면 폭스가 네게 가지 않았을 게야."

그가 무릎 위에서 날개를 퍼덕이고 있는 불사조를 어루만졌다. 덤블도어 교수가 바라보자 해리가 어색하게 씩 웃었다.

"어쨌든 네가 톰 리들을 만났단 말이지." 덤블도어 교수가 생각에 잠겨 말했다. "그 애가 네게 관심이 아주 많았던 것 같구나…."

갑자기, 해리를 끈질기게 괴롭히고 있던 말이 입에서 흘러나왔다.

"덤블도어 교수님… 리들이 제가 자기와 닮았다고 했어요. 이상하게 닮은 점이 있다구요…."

"그 애가 그랬니?" 덤블도어 교수가 진한 은빛 눈썹 밑으로 해리를 인정 어린 눈길로 바라보며 말했다. "그런데 네 생각은 어떠니, 해리?"

"전 제가 그 애와 닮았다고 생각지 않아요!" 해리가 생각보다 더 크게 말했다. "제 말은, 전-전 *그리핀도르*에 있잖아요, 전…."

하지만 그는 마음속 깊이 숨어있던 의혹이 다시 살아나자 갑자기 말을 멈췄다.

"교수님," 그가 잠시 후 다시 말을 시작했다. "분류 모자는 제가— 제가 슬리데린에 있었으면 성공했을 거라고 했어요.

모두들 한동안 제가 슬리데린의 후계자라고 생각했어요…. 제가 뱀의 말을 할 수 있다면서 말이에요…."

"네가 뱀의 말을 할 수 있는 건 말이다, 해리." 덤블도어 교수가 조용히 말했다. "살라자르 슬리데린의 마지막 남은 후계자인 볼드모트가 뱀의 말을 할 수 있기 때문이란다. 내 판단이 잘못된 게 아니라면, 그는 네게 그 흉터를 생기게 했던 날 밤에 자신의 능력 일부를 네게 전해주었던 것 같다. 그가 의도했던 건 아니지만…."

"볼드모트가 그 자신의 능력을 제게 전해주었다구요?" 해리가 기겁을 하며 말했다.

"확실히 그런 것 같구나."

"그러면 전 슬리데린에 있어야 하잖아요." 해리가 절망적으로 덤블도어 교수의 얼굴을 들여다보며 말했다. "분류 모자는 제게서 슬리데린의 능력을 볼 수 있었는데, 그건—"

"널 그리핀도르에 넣었지." 덤블도어 교수가 태연하게 말했다. "잘 듣거라, 해리. 넌 살라자르 슬리데린이 높이 평가하는 많은 소질들을 우연히 갖게 된 것뿐이란다. 살라자르만이 갖고 있는 매우 드문 재능인 뱀의 언어라든지, 비상한 재치라든지, 결단력이라든지, 때로 무모해 보이는 규칙 위반 뭐 이런 것들 말이다." 그가 수염을 다시 흔들며 덧붙였다. "그럼에도 불구하고 분류 모자는 널 그리핀도르에 넣었지. 그게 왜 그랬는지는 너도 알게다. 생각해 보렴."

"그게 절 그리핀도르에 넣은 건," 해리가 마지막 희망이 꺾인 듯 힘없는 목소리로 말했다. "제가 슬리데린에 들어가지 않겠다고 했기 때문이…"

"*바로 그거란다.*" 덤블도어 교수가 한번 더 밝게 미소지으며 말했다. "그건 네가 톰 리들과 크게 다른 점이란다. 우리의 진정한 모습은, 해리, 우리의 능력이 아니라, 우리의 선택을 통해 나타나는 거란다." 해리는 어리벙벙한 얼굴로 꼼짝 않고 의자에 앉아있었다. "만약 네가 그리핀도르에 속해 있다는 증거를 보고 싶다면, 해리, 이걸 좀 더 자세히 보렴."

덤블도어 교수가 맥고나걸 교수의 책상으로 다가가 핏자국이 남아있는 은빛 칼을 집어 해리에게 건네주었다. 해리가 천천히 그걸 뒤집자, 루비들이 벽난로 불빛을 받아 반짝거렸다. 그리고 그는 칼자루 바로 밑에 새겨진 이름을 보았다.

고드릭 그리핀도르.

"진정한 그리핀도르만이 그 모자에서 그걸 뽑아낼 수 있단다, 해리." 덤블도어 교수가 꾸밈없이 말했다.

잠시, 그들 아무도 말하지 않았다. 그 뒤 덤블도어 교수가 맥고나걸 교수의 책상 서랍 하나를 잡아당겨 열고 깃펜과 잉크병을 꺼냈다.

"맛좋은 음식을 먹은 뒤 푹 자는 게 좋겠구나. 그러니 넌 연회장으로 내려가거라, 난 그동안 아즈카반에 편지를 써야겠구나 ― 우리의 사냥터지기를 다시 돌아오게 해야 할 테니 말이다. 그리고 난 또 '예언자 일보'에 낼 광고 문안 초안도 잡아야 한단다." 그가 생각 깊게 덧붙였다. "어둠의 마법 방어법을 가르쳐줄 새로운 선생님이 필요할 테니 말이다⋯. 그런데 이런 일들이 왜 자꾸 일어나는지 모르겠구나."

해리는 일어서서 문 쪽으로 걸어갔다. 그러나 그가 손잡이를 잡으려 하는 순간, 문이 갑자기 세게 열렸다.

거기엔 루시우스 말포이가 성난 표정으로 서 있었다. 그리고 그의 다리 뒤에는 몸 여기저기에 반창고를 붙인 도비가 움츠리고 있었다.

"안녕하시오, 루시우스." 덤블도어 교수가 유쾌히 말했다.

말포이 씨가 방안으로 들어오면서 툭 치는 바람에 해리는 하마터면 넘어질 뻔했다. 도비가 그의 망토 자락에 붙어 몸을 구부리고, 잔뜩 겁에 질린 얼굴로, 종종 걸음으로 뒤따라 들어오고 있었다.

그 작은 요정은 말포이 씨의 신발을 닦고 있던 중이었던지 더러운 천 조각을 들고 있었다. 그런데 신발이 제대로 닦여있지 않을 뿐만 아니라, 평상시엔 윤기가 좌르르 흐르던 머리카락이 부스스하게 흐트러져 있는 것으로 보아, 말포이 씨는 굉장히 급히 길을 나섰던 게 분명했다. 그의 발목 주위에서 변명이라도 하는 듯 꾸벅꾸벅 인사를 하고 있는 그 요정을 무시한 채, 그가 덤블도어 교수를 차가운 눈으로 노려보았다.

"정말로!" 그가 말했다. "다시 돌아왔군요. 이사들이 정직 시켰는데도, 호그와트로 다시 돌아오다니."

"그런데 말이오, 루시우스." 덤블도어 교수가 침착하게 말했다. "다른 열한 명의 이사들이 오늘 내게 연락을 취했다오. 솔직히 말해, 부엉이들이 한꺼번에 날아오는 바람에 정신이 하나도 없었다오. 그들은 아서 위즐리의 딸이 죽임을 당했다는 말을 듣고 내가 즉시 이곳으로 돌아와 주길 바랐소. 그들은 결국 그 일을 처리하기엔 내가 가장 적격이라고 생각했던 것 같소. 그들은 또 내게 아주 이상한 말도 해주었소…. 날 정직시키는 데 동의하지 않으면 당신이 그들의 가족들을 가만두지 않겠다고 위협했다고 하던데."

말포이 씨는 평상시보다 훨씬 더 창백해졌지만, 쭉 찢어진 눈은 여전히 분노로 불타고 있었다.

"그래서— 당신이 와서 일이 해결되기라도 했소?" 그가 비웃듯이 말했다. "범인은 잡았소?"

"그렇소." 덤블도어 교수가 미소를 지으며 말했다.

"그렇다면?" 말포이 씨가 날카롭게 말했다. "그게 누구요?"

"지난번과 똑같은 사람이오, 루시우스." 덤블도어 교수가 말했다. "하지만 이번에는, 볼드모트가 다른 사람을 통해 그렇게 했다오. 이 일기장을 이용해서 말이오."

그가 한가운데에 커다란 구멍이 뚫린 자그마한 까만 책을 들어올리고, 말포이 씨를 똑바로 쳐다보았다. 해리는 그러나 계속해서 도비를 바라보고 있었다.

그 작은 요정은 매우 이상한 짓을 하고 있었다. 그가 의미심장한 눈길로 해리를 뚫어지게 바라보면서, 연신 일기장과 말포이 씨를 번갈아 손가락질하며 주먹으로 자신의 머리를 세게 쥐어박고 있었다.

"알겠소…." 말포이 씨가 덤블도어 교수에게 천천히 말했다.

"교묘한 계획이었소." 덤블도어 교수가 여전히 말포이 씨의 눈을 똑바로 쳐다보며 차분한 목소리로 말했다. "왜냐하면 만약 여기 있는 해리와," 말포이 씨가 날카로운 눈으로 해리를 흘끗 바라보았다. "이 아이의 친구 론이 이 일기장을 발견하지 못했더라면, 지니 위즐리가 그 모든 죄를 뒤집어썼을지도 모르기 때문이라오. 아무도 그 아이가 자유 의지로 행동하지 않았다는 걸 절대 입증하지 못했을 거요…."

말포이 씨는 아무 말도 하지 않았다. 그의 얼굴이 갑자기 무표정해졌다. "그랬다면," 덤블도어 교수가 계속했다. "어떤 일이 벌어졌을지 한번 상상해 보시오…. 위즐리 집안은 훌륭한 순수 혈통 가족들 가운데 하나이지 않소. 만약 아서 위즐리의 딸이 머글 태생들을 습격하고 죽이는 것으로 밝혀진다면 그와 그의 머글 보호 법령에 미칠 영향을 한번 상상해 보시오…. 그 일기장이 발견된 건 천만다행이었소. 그리고 리들의 기억들은 일기장에서 다 지워졌다오. 그렇지 않았다면 그 결과가 어떻게 되었을지 누가 알겠소…."

말포이 씨가 마지못해 입을 열었다.

"천만다행이오." 그가 딱딱하게 말했다.

그런데 그의 뒤에서는 도비가 여전히 일기장과 루시우스 말포이를 가리키면서, 자신의 머리를 주먹질하고 있었다.

그 때 해리는 갑자기 그 의미를 이해했다. 그가 도비에게 고개를 끄덕여 보이자, 도비가 한쪽 구석으로 물러나, 이제는 벌로 자신의 귀를 비틀고 있었다.

"지니가 어떻게 저 일기장을 손에 넣게 되었는지 알고 싶지 않으세요, 말포이 씨?" 해리가 말했다.

루시우스 말포이가 그에게로 홱 돌아섰다.

"그 어리석은 여자아이가 그걸 어떻게 손에 넣었는지 내가 어떻게 알겠니?" 그가 말했다.

"당신이 그걸 그 애에게 주었기 때문이에요." 해리가 말했다. "플러리시와 블러트 서점에서요. 당신이 그 애의 낡은 변신술 책을 집어 그 안에 저 일기장을 슬쩍 밀어 넣었죠, 아닌가요?"

그는 말포이 씨의 새하얀 손이 불끈 쥐어졌다 펴졌다 하는 걸 보았다.

"입증할 수 있니?" 그가 씩씩거렸다.

"오, 아무도 굳이 그럴 필요가 없을 거요." 덤블도어 교수가 해리에게 미소를 지어 보이며 말했다. "리들이 그 일기장에서 사라졌으니 말이오. 하지만 충고하겠는데, 루시우스, 더 이상은 볼드모트의 옛 학교 물건들을 배포하지 마시오. 만약 그것들이 한 개라도 더 천진난만한 아이의 손에 들어간다면, 그 누구보다도 아서 위즐리가 나서서, 그게 당신 짓이라는 걸 끝까지 밝혀내고야 말 테니까 말이오⋯."

루시우스 말포이는 잠시 말없이 서 있었는데, 그의 오른손은 마치 요술지팡이를 잡고 싶기라도 한 듯 씰룩씰룩 움직이고 있었다. 그러나 그는 마음을 바꾸고 그의 집 요정에게로 돌아섰다.

"가자, 도비!"

그가 문을 열자 그 작은 요정이 허둥지둥 그에게로 다가갔다. 그러자 그가 요정을 발로 뻥 차서 밖으로 내보냈다. 그들은 도비가 복도를 따라가는 동안 내내 고통으로 비명을 지르는 소리를 들을 수 있었다. 해리는 곰곰이 생각하며 잠시 서 있었다. 문득 그에게 좋은 생각이 떠올랐다—

"덤블도어 교수님." 그가 다급하게 말했다. "저 일기장을 말포이 씨에게 다시 돌려드려도 될까요, 네?"

"물론이다, 해리." 덤블도어 교수가 미소를 빙긋 지으며 말했다. "하지만 서둘러라. 연회는, 잊지 말고…"

해리는 일기장을 움켜쥐고 쏜살같이 달려나갔다. 도비의 비명 소리가 복도 저쪽으로 사라지고 있었다. 과연 이 계획이 효과가 있을까 생각하면서, 해리는 신발 한 짝을 벗었다. 그리고 점액 투성이의 더러운 양말까지 마저 벗은 뒤, 일기장을 그 안에 쑤셔 넣고는 어두운 복도를 달렸다.

그들이 막 계단을 내려가고 있었다.

"말포이 씨." 그가 급히 멈추면서 헐떡거리며 말했다. "드릴게 있어요—"

그리고 그가 고약한 냄새가 나는 그 양말을 루시우스 말포이의 손에 억지로 쥐어 주었다.

"이게 도대체—?

말포이 씨가 양말을 뒤집어 일기장을 꺼내고 그걸 옆으로 홱 던져버리고는, 성난 표정으로 망가진 일기장과 해리를 번갈아 바라보았다.

"너도 언젠가는 네 부모와 똑같이 횡사하고 말 거야, 해리 포터." 그가 잇새로 나직이 말했다. "그들도 남의 일에 지겹게 참견하는 어리석은 사람들이었거든."

그러더니 그가 돌아섰다.

"가자, 도비. *가자니까.*"

그러나 도비는 움직이지 않았다. 그는 해리의 메스꺼운, 끈적끈적한 양말을 들어올리고, 마치 그게 소중한 보물이라도 되는 듯 바라보고 있었다.

"주인이 양말을 주었어요." 그 요정이 놀라서 말했다. "주인이 그걸 도비에게 주었어요."

"그게 뭔데?" 말포이 씨가 내뱉듯이 말했다. "너 뭐라고 했니?"

"양말을 가졌다구요." 도비가 믿을 수 없다는 듯 말했다. "주인이 그걸 던졌는데, 도비가 잡았어요, 그러면 도비는— 도비는 자유의 몸이 된 거예요."

루시우스 말포이가 얼어붙은 듯 서서 그 요정을 빤히 바라보았다. 그리곤 그가 해리에게 달려들었다.

"너 때문에 내 하인을 잃었잖아, 이 녀석아!"

그러나 도비가 소리쳤다. "해리 포터에게 손대지 말아요."

그리고 쾅 하는 커다란 소리가 나더니, 말포이 씨가 뒤로 휙 내던져졌다. 그는 계단을 한번에 세 칸씩 우당탕 굴러 내려가, 아래 층계참으로 떨어졌다. 그는 납빛이 된 얼굴로 일어서서

지팡이를 빼들었지만, 도비가 위협적인 긴 손가락을 들어올렸다.

"이제 가세요." 그가 말포이 씨를 가리키며 사납게 말했다. "해리 포터에게 손대지 말아요. 지금 가세요."

루시우스 말포이는 어쩔 수 없었다. 성난 얼굴로 그들을 마지막으로 한번 더 바라본 뒤, 그는 망토를 휘저으며 허둥지둥 사라졌다.

"해리 포터가 도비를 풀어주었어요!" 요정이 해리를 올려다보며 말했다. 가까운 창문으로 들어온 달빛이 그의 동그란 눈에 어렸다. "해리 포터가 도비를 풀어주었어요!"

"제발, 도비," 해리가 싱긋 웃으며 말했다. "다시는 내 생명을 구하려고 하지 않겠다고 약속해."

그 요정의 못생긴 갈색 얼굴에 갑자기 이빨이 다 드러나 보이는 환한 미소가 번졌다.

"한 가지 물어볼 게 있어, 도비." 도비가 떨리는 손으로 해리의 양말을 신을 때 해리가 말했다. "넌 이 모든 게 이름을 불러서는 안될 그 사람과 아무 관계가 없다고 했잖아, 기억나니? 그런데—"

"그건 실마리였어요." 도비는 너무나 분명하다는 듯 눈을 동그랗게 뜨며 말했다. "실마리를 드렸던 거예요. 그 어둠의 마왕은, 이름을 바꾸기 전에는, 거리낌없이 불려졌으니까요, 알겠어요?"

"그렇구나." 해리가 가냘프게 말했다. "그러면, 난 이만 가는 게 좋겠다. 연회가 있거든, 그리고 지금쯤은 내 친구 헤르미온느가 깨어났을 거야…."

도비가 두 팔을 벌려 해리를 꼭 껴안았다.

"해리 포터는 도비가 생각했던 것보다 훨씬 더 훌륭해요!" 그가 흐느껴 울었다. "안녕, 해리 포터!"

그리고 마지막으로 한번 펑 하더니, 도비가 사라졌다.

해리는 호그와트 연회에 몇 번 가봤지만, 이런 연회는 처음이었다. 그 축하 파티는 모두가 잠옷을 입은 채로 밤새도록 계속되었다. 해리는 가장 좋았던 부분이, 헤르미온느가 "네가 해결했구나! 네가 해결했어!"라고 소리치며 그에게로 달려온 것인지, 아니면 저스틴이 후플푸프 테이블에서 허둥지둥 다가와 그의 손을 힘껏 비틀며 의심해서 미안하다고 끊임없이 사과한 것인지, 아니면 3시 30분에 해그리드가 나타나 해리와 론의 어깨를 손바닥으로 세게 때리는 바람에 그들이 트라이플(포도주에 담근 카스텔라 류: 옮긴이) 접시를 친 것인지, 아니면 그와 론이 받은 400점 때문에 그리핀도르가 2년 연속 기숙사 우승컵을 보장받은 것인지, 아니면 맥고나걸 교수가 일어서서 그들 모두에게 학교가 이번 시험을 보지 않기로 결정했다고 말한 것인지("안돼!" 헤르미온느가 말했다), 아니면 덤블도어 교수가 유감스럽게도, 록허트 교수가 기억이 되돌아올 때까지 요양을 해야 하기 때문에 내년에는 가르칠 수 없을 거라고 말한 것인지 알 수 없었다. 이 소식에는 학생들뿐만 아니라 선생님들까지도 대환영하는 분위기였다.

"정말 아쉽군." 론이 잼 도넛을 먹으며 농담을 했다. "이제 막 그가 좋아지려고 했는데 말야."

그 학기의 나머지는 타오르는 햇살처럼 기분 좋게 지나갔다. 호그와트는 몇 가지가 아주 조금 달라졌을 뿐 거의 정상으로 되돌아갔다—어둠의 마법 방어법 수업은 휴강되었고("하지만 우린 어쨌든 그 마법을 굉장히 많이 연습했잖아." 론이 뿌루퉁한 헤르미온느에게 말했다), 학교 이사였던 루시우스 말포이는 파면 당했다. 또 자기가 학교 주인이라도 되는 양 거들먹거리며 다니던 드레이코는 이제 상을 있는 대로 찡그리고 다녔다. 반면에, 지니 위즐리는 예전처럼 다시 명랑해졌다.

호그와트 급행 열차를 타고 집으로 돌아가야 할 시간이 너무나 빨리 다가왔다. 해리와 론과 헤르미온느, 그리고 프레드와 조지와 지니는 모두 한 객실에 자리를 잡았다. 그들은 방학 전에 마법이 허용되었던 마지막 몇 시간 동안 카드 게임과, 프레드와 조지의 필리버스터 불꽃놀이와, 마법으로 서로를 무장 해제 시키는 연습을 했다. 해리는 이제 점점 더 잘하게 되었다.

킹스 크로스 역에 거의 다 왔을 때 해리에게 어떤 생각이 떠올랐다.

"지니— 그런데 넌 도대체 퍼시 형이 뭘 하는 걸 본 거니, 형이 네게 아무에게도 말하지 말라고 한 거 말야?"

"아, 그거." 지니가 낄낄거리며 말했다. "글쎄— 퍼시 오빠에게 여자친구가 생겼어."

프레드가 놀라서 조지의 머리 위에 책 더미를 떨어뜨렸다.

"뭐라구?"

"바로 래번클로의 반장, 페네로프 클리어워터야." 지니가 말했다. "오빠가 지난 여름 내내 편지를 썼던 사람이 바로 그 애야. 오빠는 학교 여기저기서 그 애를 몰래 만나고 있었어. 내가 어느 날 빈 교실에 들어갔는데 글쎄 둘이 뽀뽀를 하고 있잖아. 그 애가 습격받았을 때 오빠가 그렇게 당황해했던 건 바로 그 때문이었어. 그런데 오빠를 놀리진 않을 거지?" 그녀가 걱정스러운 듯 덧붙였다.

"물론이지." 프레드가 꼭 생일이 일찍 찾아오기라도 한 듯한 표정으로 말했다.

"절대로." 조지가 숨죽여 킥킥대며 말했다.

호그와트 급행 열차가 속도를 늦추더니 마침내 멈춰 섰다.

해리는 깃펜과 양피지 쪽지를 꺼내 론과 헤르미온느에게 돌아섰다.

"이건 전화 번호라는 거야." 그는 론에게 이렇게 말한 뒤, 그걸 두 번 휘갈겨 쓰고, 양피지를 둘로 찢어서 그들에게 건네주었다. "지난 여름에 네 아버지께 전화 사용법을 말씀드렸으니까— 아실 거야. 더즐리네 집으로 내게 전화해, 알았지? 또다시 두 달 동안 두들리하고만 말하면서 지내는 건 정말 끔찍해…"

"하지만 네 이모와 이모부는 자랑스러워하실 거야, 안 그래?" 기차에서 내려 마법에 걸린 개찰구 쪽으로 들어가며 헤르미온느가 말했다. "네가 금년에 어떤 일을 했는지 들으면 말야."

"자랑스러워해?" 해리가 어림도 없다는 듯 말했다. "너 정신 나갔니? 그동안 내내 내가 몇 번이나 죽을 수도 있었는데, 용케 살아났다구? 그들은 아마 화가 나서 펄펄 뛸 거야…"

그리고 그들은 함께 출입구를 지나 다시 머글의 세계로 걸어나갔다.

＊제3권 '해리 포터와 아즈카반의 죄수'
상권에서 계속됩니다

이 책의 무엇을 사랑하는가?

—어른들이 말하는 해리 포터 시리즈

세상의 많은 어른들이 해리 포터 시리즈를 읽고 있는 이유는,
그들의 자녀가 그 책을 읽고 있기 때문이 아니라, 정말로 재미있기 때문입니다.
어른들이 말하는 몇 가지 이야기를 들어봅시다.

언제나 책 읽으라고 잔소리를 해야 했던 아들이……

부모로서, 전 이 책들에 대해 대단히 고맙게 여기고 있습니다. 내 아들은 책읽기를 좋아하지 않아서 언제나 책을 읽으라고 잔소리를 해야만 합니다. 그 애가 다른 가족들과 달리 책읽기를 좋아하지 않아서 신이 나지 않아요. 닌텐도와 포켓몬을 대신할 수 있는 게 있기만 하다면 전 아무리 시간과 노력이 드는 일이라도 마다하지 않을 겁니다!

최근에 우리 가족은 서점에 들렀답니다. 아이의 교과서를 사기 위해서였죠. 그런데 교과서를 사고 나자, 우리 아이는 집에서 읽고 있던 해리 포터 책을 찾는 거예요. 그리고 그 책을 발견하자마자 의자에 앉아 읽기 시작하는 게 아니겠습니까. 또 1권을 다 읽자, 곧장 2권을 잡더군요.

전 그 애가 친구들과 함께 그 책에 대해 대화 나누는 걸 보고 제 눈을 믿을 수가 없었어요. 어느 날 저녁 그 애의 친구 하나가 우리 집에 와서 함께 저녁을 먹었는데, 아이들이 식사하는 동안 내내 그 책에 대해 말하는 거였어요. 책을 단순히 읽는 것에서 끝나지 않고 이런 식의 대화를 나눈다는 것은 보다 높은 수준의 문학적 경험을 하게 하죠.

그건 그렇고, 전 요즈음 '머글'이라는 단어를 자주 사용한답니다! 아주 일상적인 어휘가 되어버렸죠.

때로 아이들은 자신들이 마법사이며 정말로 그 책 속의 인물들인 것처럼 행동하기도 한답니다. 아이들이 그 책들을 좋아하는 이유는 어느 정도는 그 책들이 자신들만의 세계를 그리고 있기 때문인 것 같아요. 아이들은 우리 어른들과 달라서 우리들이 이해하지 못하는 것들도 잘 이해하죠. 예컨대, 전 솔직히 해리가 호그와트에서 겪는 일들이 조금 놀라웠어요. 저라면 우리 아이가 그러한 일들을 겪길 원하지 않을 거예요. 하지만 아이들은 냉철하게 받아들이더군요.

전 저작권 대리인이므로 많은 아동 도서를 다룹니다. 작가 J. K. 롤링이 이 모든 걸 창작해냈다는 게 그저 놀라울 따름입니다. 그녀의 독창성에 정말로 감동했어요.

최근에 있었던 그 책들에 대한 부정적인 비평이 전 잘 이해가 안 가요. 오늘날처럼, 세련되고 교양 있는 사람들이 넘쳐나고 새로운 아이디어를 얼마든지 받아들일 수 있는 세상에서, 그러한 태도는 매우 구태의연해 보여요. 꼭 살렘(현재의 예루살렘) 시대의 마녀 재판을 보는 것 같아 씁쓸합니다.

—제인 레보위츠(부모이며 저작권 대리인)

자녀 선물로 산 책을 먼저 읽는 어른들

이 책들에는 아이들로 하여금 읽도록 하는 힘이 있습니다. 책 읽는 걸 전혀 좋아하지 않았던 아이들조차 그 책들은 외면하지 못합니다. 그건 매우 중요한 일이에요!

어른들도 그 책들을 좋아한답니다. 전 부모들이 그 책들을 자녀들과 함께 혹은, 따로 읽은 뒤 함께 이야기하는 모습을 많이 보았습니다.

전 서점을 경영하므로, 우리 서점에 오는 아이들에게 해리포터 책을 읽었는지 물어본답니다. 그리고 어른들에게도 물어보죠! 물론 많은 사람들이 이미 읽었더군요! 종종 어른들은 자녀나 손자 손녀들에게 선물로 주려고 그 책들을 사서는, 아이들에게 주기 전에 자신들이 먼저 그 책들을 읽기도 한답니다.

이 책들은 다소 경시되었던 아동 소설 분야에 대한 관심을 집중시켰습니다. 오랫동안 아름다운 삽화가 들어가 있는 책들이 가장 인기를 끌었지만, 이제 빠른 속도로 변하고 있습니다.

그 책들은 들여놓기가 무섭게 다 팔려버릴 정도로 인기가 높습니다. 우리는 최근에 1권의 초판 페이퍼백들을 배로 실어 왔는데 일주일 만에 다 팔렸답니다.

제 자신도 그 책들을 무척 좋아합니다. 그래서 영국에서 온 한 꼬마가 가지고 있던 세 번째 책을 사서, 그 책이 미국에서 출간되기 일주일 전에 읽었다는 걸 시인해야겠군요. (그 꼬마는 그 책을 이미 읽었고, 자기 나라로 돌아가면 또 한 권 살 수 있을 거라고 했으므로, 전 그 아이의 책을 빼앗았다고 생각하지 않았답니다!)

—제니퍼 로스(서점 경영)

이 책이 중요한 건 인생을 가르치기 때문입니다

J. K. 롤링은 유머와 상상력이 풍부한 작가입니다. 그녀는 약탈자의 지도 같은 이상한 것들을, 마치 진짜로 일어날 수 있는 일처럼 그려냅니다.

그녀는 꼼꼼한 작가입니다. 자신의 소설에 등장하는 인물들에 대해 일일이 배려하고 관심을 가지니까요. 등장인물들의 묘사는 아주 생생합니다, 또 굉장히 많기도 하구요! 1권에서만도 60개의 다른 캐릭터를 셀 수 있었답니다.

롤링은 책들 여기저기에 많은 실마리들을 두어서, 독자들의 이해를 도와줍니다.

그 책들이 중요한 건 인생을 가르치기 때문입니다. 그 책에 등장하는 아이들은 공평하고 올바르게 행동하려고 노력하며, 독자들에게도 그렇게 하도록 격려합니다. 그 책들은 또 아이들에게 문제를 해결하는 모습을 보여줍니다. 그 아이들은 문제를 들고 어른들에게로 가지 않습니다. 어떻게든 직접 해결하죠.

이 책들 속의 아이들은 나름대로의 독창성과 상상력을 동원해 자신들이 겪고 있는 문제들을 처리합니다. 여러분이 아이들에게 가르치고 싶은 바로 그런 태도죠. 선생님이나 부모 같은 어른들은 궁극적으로는, 자녀들의 삶에 너무 깊숙이 관여하지 않도록 해야 합니다.

— 홀리 싱거 미노트(부모)

이 책은 끝없는 상상의 날개를 펴도록 합니다

이 책들은 아이들로 하여금 끝없이 상상의 날개를 펴도록 합니다. 해리 포터를 읽는 아이들의 상상은 끝이 없습니다. 나이가 들수록 상상력은 줄어들게 마련이지만 그 책들을 읽고 전 다시 어린아이가 된 것 같은 느낌이 들었습니다.

아이들의 삶에는 미스터리가 많지 않습니다. 그 책들은 미스터리와 마법에 대한 것입니다. 아이들은 그런 걸 접한 적이 없죠. 다소 무섭긴 하지만, 아이들은 원래 무서운 걸 좋아한답니다.

마법이나 주술에 불만을 나타내는 비평가들에 관한 한, 오즈의 마법사를 마땅찮게 여기는 사람들이 있었습니다. 그런데 그 책에 어떤 일이 일어났습니까!

아이들에게는 많은 놀라운 일들이 일어납니다. 만약 해리 포터 책 속에 있는 것들을 극복할 수 있는 아이들이라면 인생을 조금은 더 잘 꾸려나갈 수 있을 것입니다. 만약 현실과 상상의 세계를 구별할 수 없는 아이들이라면, 부모들은 물론 그걸 읽게 해서는 안될 것입니다. 하지만 그런 아이들은 극소수에 불과할 것입니다.

내겐 열 세 명의 손자 손녀가 있는데 난 그 책들을 읽을 연령이 된 아이들에게 모두 한 권씩 사주었답니다.

작가는 미묘한 부분들을 아주 흥미롭고 실감나게 잘 그려냈습니다. 한 예로, 해리의 이모와 이모부는 어쩌면 실제로는 그렇게 지독한 사람들이 아닐지도 모르지만, 해리가 그의 부모처럼 될까봐 겁이 나서 그에게 아주 심하게 대하는 게 그런 것이죠.

—로라 시몬(할머니)

이 책 덕분에 독서가 유행처럼 퍼지고 있습니다

해리 포터 책들 덕분에 독서가 다시 유행처럼 번지고 있습니다! 우리 학교의 학생들은 지금 스스로 책을 읽고 있으며, 많은 아이들이 책에서 새로운 세계를 발견했습니다. 또 도서실에서 점점 더 많은 시간을 보내고 있습니다.

해리 포터 이야기들은 아이들에게 우정과 공명정대한 행동을 가르쳐줍니다. 텔레비전과 영화에서 접하는 폭력에 좋은 해독제 역할을 하는 것이죠. 그 책들은 아이들에게 건전한 방법으로 서로 도움을 주는 방법을 가르쳐줍니다. 작가는 소수민족 말살과 같은 좀 심각한 주제들을 다루기는 하지만, 그것들을 우화적으로, 그리고 그 이야기의 정황에 맞게 잘 풀어나갑니다.

롤링은 훌륭한 작가입니다. 아이들은 그 책을 통해 많은 걸 배웁니다. 아이들은 또한 영국 문화의 일면도 접할 수 있게 됩니다. 전 많은 아이들이 이제 영국에 가보고 싶다고 말하는 걸 들었답니다.

— 카르멘 로페즈(6학년 선생님)

해리가 성장하는 모습따라 함께 나이를 먹는 마법책

전 제 여동생이 말해줄 때까지 그 책들에 대해 전혀 몰랐답니다. 그런데 읽기 시작하자마자, 아주 좋아하게 되었습니다. 한마디로 푹 빠져버렸죠―책들을 내려놓을 수가 없었습니다.

각 책마다 나름대로의 매력이 있었어요. 교사로서, 전 아이들과 어른들이 함께 그 책들을 읽고 있는 모습을 보고 듣게 된 게 무척이나 고맙게 여겨집니다. 어른들이 아동 도서를 읽는 경우는 흔히 있는 일이 아니에요. 하지만 그들은 해리 포터를 읽고 있어요!

매일 점심식사 후, 전 저희 반 아이들에게 15분에서 30분 정도씩 조용히 책 읽는 시간을 줍니다. 그런데 점점 더 많은 아이들이 해리 포터 책들을 읽고 있다는 걸 알았습니다. 이 책을 읽기 시작하면서 아이들은 다른 책에도 흥미를 갖게 되었습니다. 점점 더 많은 아이들이 도서실을 찾고 있어요.

많은 아이들이 읽고 좋아하며, 또 다른 아이들과 자신들의 감동을 공유하기 때문에 그 책들의 파급 효과는 큽니다. 아이들은 다른 아이들의 말을 듣고 그 책들을 집어든답니다.

해리 포터 이야기의 독특한 점 하나는 해리가 성장하는 모습을 보여준다는 것입니다. 아이들은 11살 짜리의 그를 알게 된 뒤 그를 따라 나이를 먹게 됩니다. 대부분의 아동 도서는 이렇지 않죠. 그러한 책들의 등장인물들은 심지어 후속편에서

조차도, 보통 동일한 나이로 남아있게 되죠.

아이들은 그 책들을 읽으면서 다양한 성격의 아이들에 대해 배우게 됩니다. 또 다른 환경에서 자란 아이가 새로운 환경에 적응해 가는 모습도 지켜보게 되지요. 그리고 무엇보다도 좋은 점은 그 자신과, 자신의 환경에 대해 보다 긍정적인 자세를 갖도록 도와준다는 사실입니다.

아이들이 즐겨 읽는 책이라면 어떤 것이든 좋은 책입니다. 또 좋은 책을 많이 읽는 아이들은 훨씬 더 자유롭게 자신을 글로 표현해낼 수 있을 것입니다.

—카라 록우드(5학년 선생님)

조앤 롤링의

해리포터와

비밀의 방에 대한 찬사

"넋을 빼앗는 이 공상소설을 읽은 뒤, 독자들은 자신들도 만일 킹스 크로스 역에서 9와 3/4번 승강장을 찾을 수만 있다면, 호그와트 학교로 가는 기차를 탈 수 있을 것이라고 믿게 될 것이다.　　　　　　　　　　　　　　—학교 도서 잡지, 우수 도서 리뷰

"롤링의 이 소설은 마술적이라는 그 줄거리의 토대를 전혀 망가뜨리지 않으면서 전통적인 영국의 학교 이야기들 요소를 편입시켜 기막힌 상상력으로 멋지게 쓰여진 공상소설이다. 사실, 그녀의 이 매혹적인 소설이 유머러스하고, 재미있고, 즐거움을 주는 것은 스포츠와, 학생들의 경쟁과, 별난 교사에 대한 그녀의 탁월한 공상 때문이다."

　　　　　　　　　　　　　　—북리스트, 우수 도서 리뷰

"해리의 가족은 로날드 달이 '마틸다'에서 만들어낸 가족 이후 아동문학에서는 가장 못되고 심술궂은 가족인 셈이다. 그에 반해 해리는 완전히 뜻밖의 그리고 나름대로 겸양을 갖춘 영웅이라 할 수 있다."

—학교 도서관 저널, 우수도서 리뷰

"익살이 넘치는 놀라운 소설이다. 이번에야말로 로날드 달의 명작들에 비견될 만한 작품을 보게 되었다. 금년에 꼭 읽어야 할 책이다."

—더 선데이 타임즈

"…꼬마 마법사 해리 포터는 고전명작의 모든 조건을 갖추고 있다… 롤링은 예민한 직감과 독창성이 가득한 고전적 서술 기법을 이용해 복잡하고 많은 노력을 요하는 이야기를 아주 재미있는 스릴러 형태로 표현해내었다. 그녀는 1급 아동문학작가이다."

—더 스코트맨

"위트가 넘치는 복잡한 줄거리와 이미 영웅이 되어버린 해리라는 인물에게 푹 빠지지 않는 아이는 아마 단 한 명도 없을 것이다."

—인디펜던트 온 세터데이

"독창적인 기지로 쓰여진 멋진 데뷔 소설이다."

—더 가디언

"대단히 훌륭한 읽을 거리이며 놀라운 작품이다. 해리는 영원히 기억에 남을 인물이다. 이 책은 한번 잡으면 절대 내려놓을 수 없다. 이야기 전개가 빨라 마지막 쪽까지 독자를 사로잡는다. 조앤 롤링은 확실히 놀라운 상상력의 소유자이며 이 뛰어난 작품은 그녀가 다음에 쓸 작품에 대해 많은 기대를 갖게 한다."

—웬디 쿨링

"대단히 훌륭한 소설이다."

—더 선데이 텔레그라프

"조앤 롤링은 모든 연령층이 즐길 수 있는 책을 만들어냈다. 2020년쯤에는, 수많은 애독자들이 다이애건 앨리와 퀴디치 경기를 들먹이며 서로 이야기를 나누게 될 것이다."

—더 타임즈

"일단 잡으면 다 읽을 때까지 절대 내려놓을 수 없는 책이다. 놀라운 책이다."

—글래쇼 헤럴드

"미스터리, 마법, 등장인물들의 놀라운 특성, 그리고 더할 나위

없이 훌륭한 줄거리— 이 책은 뛰어난 이야기꾼의 힘있고 대담한 데뷔작이다."

　　　　　　　　　　　—린제이 프레이저, 북트러스트 스코틀랜드

"혹 마법이 어린아이들만을 위한 것이라고 생각한다면 해리 포터가 그러한 생각을 바꾸어놓을 것이다. 그의 마법은 어른들에게도 매력적이다."

　　　　　　　　　　　　　　　　　　—제임스 노티

"정말 재미있는 책이다. 그저 책을 펼치기만 하면 줄거리가 머리 속으로 쏙쏙 들어간다. 나도 해리가 되어 선생님들에게 걸 마법의 주문을 만들고 싶다."

　　　　　　　　　　　　　　　—톰 엘-샤크, 11살

"해리 포터는 멋진 책이다. 일단 읽기 시작하면 절대 내려놓을 수 없다. 내 경우도 그랬다. 내가 매일 밤 늦은 시간까지 불을 켜놓는다고 엄마가 계속해서 잔소리를 하시곤 했다. 아빠께도 해리 포터 책을 보여드렸다. 아빠는 지금 그 책을 읽고 계신다. 이것은 남녀노소를 불문하고 누구가 즐겨 읽을 수 있는 책이다. 정말로 멋지다."

　　　　　　　　　　　　　　—카트리나 패랜드, 10살

제3권

해리포터와 아즈카반의 죄수

여름 방학을 보내고 해리는 단짝 친구들 론과 헤르미온느
와 함께, 3학년이 되어 호그와트로 다시 돌아간다. 그러나 분
위기가 심상치 않았다. 12년이라는 긴 세월 동안 아즈카반이
라는 무시무시한 감옥 속에 수감되어 있던 시리우스 블랙이
라는 악명 높은 죄수가 탈옥한 것이다. 그는 탈옥하면서 행선
지에 대한 두 가지의 실마리를 남기게 되는데, 하나는 해리
포터가 볼드모트를 물리친 것은 바로 자신에 대한 공격과 같
다고 생각했다는 점과, 그가 잠을 자면서 "호그와트에 있어…
그는 호그와트에 있어"라고 중얼거리며 잠꼬대를 했다는 간
수의 증언이 그것이다. 단 한번의 저주로 열세 사람을 죽였다
고 해서 어둠의 마왕 볼드모트의 후계자라고 여겨지는 이 탈
옥자가 마음대로 활보하고 다니자, 학교를 지키기 위해 아즈
카반의 간수가 불러들여지는데….

해리 포터는 마법학교의 울타리 안에서도, 주위에 온통 친
구들이 있어도 절대 안전하지 못하다. 왜냐하면 무엇보다도,
그들 가운데에 배신자가 있기 때문이다.

옮긴이 김혜원

김혜원은 1964년 서울에서 출생하여 연세대학교 천문기상학과를 졸업하고
같은 대학에서 이학 석사학위를 받았다. 번역서로『해리 포터와 마법사의 돌』,
『상상할 수 없는 이야기』,『대폭발과 우주의 탄생』,『우주여행 시간여행』,
『물리가 물렁물렁』,『우주가 우왕좌왕』등 10여 권이 있으며,
현재 전문 번역가로서 활동하고 있다.
제15회 한국과학기술 도서상 번역상을 수상했다.

해리 포터와 비밀의 방 〈하권〉

초판 1쇄 인쇄 1999년 12월 15일
초판 8쇄 발행 2000년 2월 28일
• • •
지은이/조앤 · K · 롤링
옮긴이/김혜원
발행인/강봉자
편집인/김종철
펴낸곳/문학수첩
• • •
주소/서울 용산구 한강로 3가 63-1
전화/790-5999
FAX/790-6656
등록/1991년 11월 27일 제16-482호
• • •
http://www.moonhak.co.kr
e-mail : moonhak@moonhak.co.kr
• • •
값 · 뒤표지에 있음
파본은 바꾸어 드립니다.

ISBN 89-8392-071-8
ISBN 89-8392-067-X(세트)